'DOS

MARWYDOS

DETHOLIAD O STORÏAU

ISLWYN FFOWC ELIS

GWASG GOMER

Argraffiad Cyntaf—Mai 1974
Ail Argraffiad—Gorffennaf 1978
Trydydd Argraffiad—Tachwedd 1982
Pedwerydd Argraffiad—Mehefin 1994

ISBN 1 85902 186 0

ⓗ Islwyn Ffowc Elis

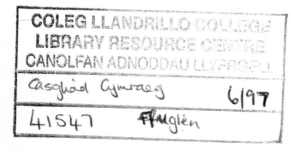
Argraffwyd gan
J. D. Lewis a'i Feibion Cyf., Gwasg Gomer, Llandysul

ER COF AM

FY NHAD A'M MAM

CYNNWYS

CYDNABOD

Rhaid imi gydnabod yn ddiolchgar ganiatâd parod a ganlyn i gynnwys yn y detholiad hwn y storïau a ddarlledwyd neu a gyhoeddwyd o'r blaen :

Bwrdd Cyhoeddiadau Llys yr Eisteddfod Genedlaethol, a gyhoeddodd 'Gryffis', a ddyfarnwyd yn gydfuddugol gan Dr. J. Gwilym Jones yn Eisteddfod Dolgellau, 1949.

Y B.B.C., a ddarlledodd 'Y Tyddyn', ' Oedfa Tomos Wiliam ' a 'Y Trên Ola', a Mr. Aneirin Talfan Davies, golygydd *Llafar*, a gyhoeddodd ' Y Tyddyn ' yn y cylchgrawn.

Y Cymro, a gyhoeddodd 'Seren Unnos'.

Taliesin, a gyhoeddodd 'Y Ddafad', ' Y Polyn ' a 'Marwydos'.

Y Mri. Gwilym Rees Hughes ac Islwyn Jones, golygyddion *Storïau 71*, a Gwasg Gomer, a gyhoeddodd 'Ar Fôr Tymhestlog'.

RHAGAIR

Rydw i'n credu mai Mr. Glyn Evans a grybwyllodd yn *Y Cymro* na chyhoeddais i'r un casgliad o'm storïau byrion. Diolch iddo ef ac eraill am yr awgrym.

Cymharol ychydig o storïau byrion a sgrifennais ac a gyhoeddais i. O'r ddau ddwsin, fwy neu lai, a welodd olau dydd yn ystod y 30 mlynedd diwetha, does gen i ddim copi o'r rhai cynharaf na fawr o gof amdanyn nhw. O'r gweddill, mae amryw a gyhoeddwyd mewn cylchgronau allan o brint ers blynyddoedd, a dwy o'r rhai a ddarlledwyd heb eu cyhoeddi erioed.

O blith y rhain fe ddewisais naw i gynrychioli'r cynnyrch pur denau hwn. Does dim angen i mi ddweud eu bod yn anwastad eu hansawdd ac yn anghyson eu cynnwys, ond fe ollyngais ddwy neu dair drwy'r gogr am fod gen i ryw deimlad personol tuag atyn nhw. Dyna pam y cynhwysais y stori-deitl, nad yw'n perthyn i *genre* confensiynol y stori fer. At y naw hyn fe chwanegais ddwy stori newydd, er bod un o'r ddwy wedi'i sgrifennu mewn ffurf beth yn wahanol flynyddoedd yn ôl.

Yn gam neu'n gymwys, ni cheisiais gysoni ffurfiau traethu na deialog y storïau, dim ond cywiro ambell wall orgraff, newid brawddeg neu ddwy a chysoni'r sillgolli. Dyna pam y mae'r storïau cynharaf mewn Cymraeg Llenyddol Traddodiadol a'r rhai diweddarach mewn math o 'Gymraeg Byw'. Efallai y bydd o ddiddordeb i rai weld sut y bu un sgrifennwr yn ymbalfalu am iaith storïol ystwythach ac yn arbrofi â ffurfiau deialog dros gyfnod o chwarter canrif.

I.Ff.E.

GRYFFIS

' Yma y gorwedd "Gryffis", a gafwyd yn farw ar Draeth Llan fore dydd Mercher, y 6ed o Fehefin, 1947.'

Wel, dyna fi wedi dweud y stori. Beth mwy sydd i'w ddweud ? Gadewch weld. Hanner blwyddyn union cyn imi roi'r garreg farmor wen ar fedd fy nghyfaill undydd yr oedd yr haul yn ymwthio drwy'r dail derw yr ochr arall i'r stryd ac yn disgyn yn ddarnau ar y palmant y tu allan i'r siop. 'Rwy'n cofio sylwi ar hynny a'r union eiriau yna yn mynd trwy fy meddwl, o achos yr oeddwn yn arfer fy ffansïo fy hun yn dipyn o fardd erstalwm, pan oedd bri yn yr ardal ar bennill ac englyn, a chyn i'r dref fach yma fynd yn seisnig. Wel, yr haul. Am ei fod mor danbaid euthum allan i dynnu'r cysgod lliain i lawr dros y ffenestr, ac yn fuan ymlanwodd y cysgod glas yn y siop ag arogleuon tomatos ac afalau a thybaco a jinjir bir. Yr oedd yn hyfryd yn y cysgod yn y bore cynnar. Hwn ac arall yn mynd i'w waith ar ei feic ar hyd y ffordd, a llancesi'r pentrefi'n disgyn o'r bws ar gongl y stryd ac yn tipian heibio, yn bryfoclyd yn eu ffrogiau haf. Minnau dro ar ôl tro yn llusgo fy llygaid oddi arnynt am fy mod yn briod ac yn dad ac yn ddwy a deugain. Ond beth arall sydd i'w wneud mewn siop wag yn y bore cynnar ?

Tua deg disgynnodd y papur gyda chlebar drwy'r twll llythyrau. Euthum i'w godi. Bras ddarllen cwerylon y diwrnod cynt yn y cynadleddau, criced, y sgandal flasusaf y gallwn ddod o hyd iddi, yna ei roi ar y cowntar a phlygu uwch y croesair. A minnau'n gwyro yno, sigaret ar fy ngwefus, pensel ar y pôs, clywais y drws yn rhwbio agor.

Gŵr mewn het a chot wen, llodrau tywyll ac esgidiau cochion. Dieithryn hollol i mi. Safodd yno'n syllu o'i gwmpas, heb gymryd unrhyw sylw ohonof. Rhythodd yn galed ar hyd y nenfwd gan dynnu blwch bach gloyw o boced ei wasgod a gwthio pinsied o snwff digon drewllyd yn ffyrnig i'w drwyn. Yna symud yn lladradaidd at y cistiau bisgedi yn yr ochr, dal sbectol ddi-ffrâm wrth ei

lygaid a rhythu ar y bisgedi a'i drwyn ymron ar y gwydr.
Sythu'n sydyn a dweud dros y siop,

'Pam na wariwch-chi geiniog-a-dima' ar ddefelopment,
dudwch? *One-horse get-up* y buaswn i'n galw lle fel hyn.
Thynnith-o'r un dyrnaid o gwsmeriaid.'

Dywedais yn bur bigog nad oedd yn amcan gennyf
dynnu cwsmeriaid, mai cymaint ag a allwn i ei wneud ar
adeg mor ddiffaith oedd bodloni'r rhai oedd gennyf. A
ph'un bynnag, 'd oeddwn-i ddim yn disgwyl trafeiliwrs ar
ddydd Mawrth.

Trodd, fel petai wedi'i daro, a dal ei sbectol i syllu arnaf
trwyddi.

'Trafeiliwrs! Ha, *but not in the sense you mean, big boy.*'

Yna troediodd â'r un cerdded lladradaidd ag o'r blaen
at y cowntar, rhoi ei benelin de arno a'i ddwrn chwith ar
ei ystlys, ac agor ei lygaid yn llydain wrth fy wyneb. Yna
dweud:

'Glywsoch-chi'r gwynt yn gwneud sŵn gitâr yn y
palmwydd pan oedd yr haul yn machlud ym Môr y De?
Glywsoch-chi lais yr hen wraig sy'n gwerthu lili ar y Rue
des Fleures? Glywsoch-chi ganu Johann Matt yn
galw'r gwartheg i odro ar lan Lugano? Glywsoch-chi'r
Sffincs yn crio? Pah! *One-horse get-up*!'

Eisteddodd ar y gadair unig wrth y cowntar gan siglo'i
bwysau ôl a blaen ar ei ffon a'i lygaid ar y tatws yn y
gongl wrth y drws, wedi sorri'n lân.

Daeth Mrs. Morris i mewn. Te, siwgr, ymenyn, caws,
sigarets-i'r-gŵr. Rhywbeth arall? Diolch yn fawr. Gwd
morning.

Cyn gynted ag y caeodd y drws neidiodd y gŵr gwyn i
fyny drachefn a phlannu ei ddwy law ar y cowntar.

'Beth ydach-chi wedi'i wneud i Gymru? P'le mae
'ngwlad i? Beth mae'r Saeson yn 'i wneud yma? E?
Beth ydi'r lingo gythraul y mae'r plant 'ma'n 'i siarad?
Hanner can mlynedd yn ôl pan es-i oddi 'ma, 'r oedd Cei
Bach i gyd yn siarad Cymraeg. Mi wn i ymh'le mae
Cymru, siopwr. 'R ydach chi a'ch tebyg wedi'i rhoi hi yn
ych poced.'

Protestiais yn y fan hon. Protestiais fy mod i'n ymylu ar fod yn genedlaetholwr. Protestiais fod fy mhlant i'n siarad Cymraeg. Protestiais fod y capeli o hyd yn gwarchod yr iaith.

'Na, na, na ! *Eye-wash* ! *You haven't got my meaning, Jones.* Jones ydi'ch enw chi. Ifans sydd ar y sein y tu allan, ond mae'r sein yn deud anwiredd. Jones ydi'ch enw chi. Mae gynnoch-chi wyneb Jones. *You haven't got my meaning.*'

Ciliodd yn theatrig wysg ei gefn a rhoi ei bwysau ar y cistiau bisgedi. Dechreuodd bysedd fy nhraed gosi gan ofn ei weld yn mynd drwy'r gwydr. Yr oedd ar ddechrau cyfarth arnaf oddi ar ei lwyfan newydd pan agorodd y drws eto. Tawodd a throi ei gefn ar y siop, a'i ddwy law ynghlwm y tu ôl iddo, gan guro'i gefn yn rhythmig â'i ffon.

Yr Henadur Jones-Owens, pen-blaenor y Tabernacl.

' Beth oeddech-chi'n 'i feddwl o bregethau'r Sul ? Reit dda, on'd oedden ? Y dynion ifanc 'ma wedi mynd braidd oddi ar ddiwinyddiaeth hefyd. Ar y colegau mae'r bai, wrth gwrs. Methu deall beth yw'r condemnio rhyfel 'ma sydd ganddyn-hw o hyd, chwaith. Amser iddyn-hw roi'r gorau i hynny bellach, a phethau'n edrych mor ddrwg eto. Ac mi gawn ddôs o Gymru bore a nos Sul nesaf 'ma. Mae hwnna'n dipyn gormod o genedlaetholwr i ni yn y Tabernacl. Sut ? Wel, wrth gwrs, mae 'na ddwy ochr i bob cwestiwn. Owns o *Amber Flake*, os gwelwch-chi'n dda ? Bore da.'

Nid oedd y drws wedi gorffen cau ar Jones-Owens pan droes y gŵr diarth ataf eto, a chan ledu ei ddwylo modrwyog ar ffrâm y cistiau bisgedi, gwyro'n ôl yn eang a'i draed ymhleth ar ganol y llawr.

' 'D ydw-i ddim yn credu yn y Gristnogaeth 'ma. Dyn capel ydach chi. Mi alla-i weld hynny. Mae gynnoch-chi wyneb dyn capel. Blaenor neu rywbeth. 'Drychwch yma. Pan ydach-chi'n sbio i fyny ar Eferest nes bod sglein y rhew glas yn brifo'ch llygaid chi, neu pan ydach-chi'n gweld y Pasiffic yn torri'n swish-swish tawel, gwyn ar y tywod, 'd ydach-chi ddim yn meddwl am Gristnog-aeth—am ddynion ac eglwys a chasgliad : rybish ! Dim

ond yr *Everlasting Mystery*—yn lliw ac yn fynydd ac yn
rhythm tango : yr *Everlasting Mystery*—rhywbeth distaw,
cynnes, ofnadwy yn rhoi hoelen drwoch-chi i'r mynydd
nes ych bod chi'n methu symud, neu'n gludio'ch traed chi
yn y tywod nes mae'r llanw'n dod ac yn golchi'ch fferau
chi cyn ichi wybod. *That's what I mean when I say God.*
Dowch imi bump o'r sigârs 'na ar y silff ucha 'cw.
One-horse get-up.'

Yr oedd dadlau ag ef wedi mynd yn amhosibl ers
meitin. Nid un ddadl oedd ganddo ond pymtheg. Ond
yr oedd pob un yn y modd mwyaf sinistr wedi'i chyfeirio
at wraidd fy argyhoeddiadau i. Estynnais y sigârs a
disgwyl y tâl. Edrychais ar y gŵr.

' 'D ydw-i ddim am dalu amdanyn-hw,' oedd y bom
nesaf. ' 'D ydw-i ddim yn credu mewn talu am ddim.
Arian ydi'r hymbyg mwyaf ddyfeisiodd dyn erioed.
Ysywaeth, 'r ydw-i'n cadw rhywfaint ohonyn-hw. Maen-
hw'n plesio plant. O bob oed. Mae 'na olwg dlawd
arnoch-chi, Jones. Mae gynnoch-chi ddigon o arian, ond
'r ydach chi'r bobol sy'n llechu y tu ôl i gowntars yn
artistiaid mewn edrych yn dlawd. 'D oes gynnoch-chi
ddim enw yn y dre 'ma, chwaith. Mi allech-chi fod yn
faer petaech-chi'n dewis. Nid bod dim gwerth mewn job
fel honno, wrth gwrs. Hymbyg pur ydi-hi. Ond mi f'asa'n
ych siwtio chi. Mae gynnoch-chi wyneb Maer. Job fach
neis-neis yn y leimleit a tsiaen aur am ych gwddw chi. Ci
bach y dre. Cant neu ddau at y capel a rhywbeth tebyg i'r
hospital a rhyw gil-dwrn i—beth ydi'r bobol 'ma sy'n trio
cael hunanlywodraeth i Gymru ? Hymbyg. *Eye-wash.*'

A chan rygnu yn ei wddf blonegog tynnodd allan lyfr
siec a thynnu siec o hwnnw. Sgrifennodd ddwy fil a
hanner arni a'i gwthio'n sorllyd ataf dros y cowntar.
Rhythais arno mor fud â phob ffodus chwedlonol erioed.
Yna, heb ddweud na ' Dydd da ' na dim arall, trodd ar ei
sawdl, a chan droi ei ffon fel asgell melin yn ei law
camodd am y drws. Ond wedi rhoi ei law ar y drws,
safodd, gan bensynnu eiliad, yna cerdded unwaith yn
rhagor yn lladradaidd at y cowntar, a chan ei hel ei hun
yn llwyth arno, dweud :

'Sut y b'asach-chi'n licio marw, Jones ?'

'Marw ?'

'Marw. Mae pobol yn niwsans, Jones. Isio gwybod sut y mae rhywun wedi marw, a pham. Yn enwedig y sgrifenwyr 'ma. Mi gorddan' ddau ddwsin o resymau seicolegol dam-ffŵl o ddim, a dweud eu bod-nhw wedi arwain i farw'r creadur. Os byth y bydd rhywun yn sgrifennu am fy marw i, Jones, fydd ganddo ddim syniad sut na pham yr es-i. *The Eternal Mystery. Good idea, that.* H'm. Hymbyg.'

A chan droi a thaflu un olwg ddinistriol arall dros y siop a mwmial, '*One-horse get-up*', aeth allan, a'r drws yn rhwbio cau ar ei ôl. A'm bysedd yn crynu y mymryn lleiaf codais y siec i ryfeddu uwch ei phen. Ceisiais ddarllen y sgribl arni.

Rhywbeth tebyg i . . . ' Gryffis ' . . .

1949

Y TYDDYN

Fel llawer nofelydd Seisnig arall, fe ddaeth awydd arnaf
innau i 'sgrifennu nofel am Gymru. I mi, yr oedd Cymru
yn dir glas yn llenyddol, nad oedd nofelwyr a dramawyr
ond prin wedi cyffwrdd â'i ymylon. Gwlad estron wrth fy
nrws, a dyn a ŵyr pa nifer o nofelau mawr yn ei chym-
oedd yn disgwyl am lenor i'w rhoi rhwng cloriau. Chwil-
iais y llyfrau taith am ardal ac am dafarn lle byddwn i
debycaf o gael deunydd. Dewisais y Bedol ym Mhont
Oddaith.

Am yr ychydig ddyddiau cyntaf ym Mhont Oddaith, ni
wneuthum i ddim ond cerdded i fyny ac i lawr yr un stryd
wyngalchog, dadfeddwi o'r awyr fynyddig, a gwrando ar
y pentrefwyr ym mwmial â'i gilydd yn Gymraeg. Ni
chlywswn erioed gymaint o Gymraeg. Gyda'r nos, yr
oeddwn gyda'r dynion yn y dafarn, yn prynu am beint
bob hen chwedl gwlad a oedd ar gof a chadw, ac yn araf
ddethol fy nghymeriadau ar gyfer yr hen dafarn fach a
fyddai yn fy nofel i.

Un bore, wedi imi fod yno wythnos, awgrymodd
Tomkins y Bedol imi fynd i fyny am dro hyd Lwybyr y
Graig. Yr oedd yr olygfa o ben ucha'r llwybyr i lawr ar y
dyffryn yn fythgofiadwy, meddai Tomkins. Fe fyddwn i'n
siŵr o'i mwynhau.

Gyda bod y gawod drosodd, mi gychwynnais. I fyny'r
stryd wyngalchog, drwy lwyn o goed, ac yna troi oddi ar y
ffordd galed drwy lidiart, ac i fyny'r llwybyr hwyaf a
gerddais i erioed. Fe'i gwelwn o'm blaen, yn nyddu fel
neidr hyd fin y llechwedd moel, i fyny hyd at dwr o
goed yn cyrcydu ar y gorwel grugog. Gan nad oedd ond
Medi cynnar, a'r haul wrthi'n sychu'r gwlybaniaeth
gloyw oddi ar y glaswellt mynydd, yr oeddwn yn chwys
diferol cyn cyrraedd hanner y llwybyr. Ond yr oedd yr
olygfa ar y dyffryn, fel y dywedodd Tomkins, yn fyth-
gofiadwy.

Ym mhen ucha'r cwm, sythodd y llwybyr a saethu'n
felynwyn o'm blaen, drwy'r grug yr oedd defaid yn codi

ohono fel caws-llyffant gwynion, yn syth i fuarth tyddyn.
Nid oedd dŷ na thwlc i'w weld yn unman ond hwnnw. Yr
oedd y tŷ unicaf a welswn i erioed.

Yn sydyn, rhwygwyd yr awyr gan chwiban miniog, a
dechreuodd y defaid o'm cwmpas sboncio dros y twmpath-
au grug a'i gwneud hi am y tyddyn, a fflachiodd coleri
gwynion dau gi meinddu, un o boptu imi, yn y grug.
Trois fy mhen i weld o b'le y daeth y chwiban. Llai na
chanllath oddi wrthyf, yn pwyso ar ffon fugail hwy na hi'i
hun, safai merch.

Gwaeddais rywbeth arni ar draws y grug, ond nid
atebodd. Yr oedd yn dal i syllu arnaf, fel petai am
amddiffyn ei mynydd rhagof â'i ffon fugail fain. Cerddais
yn araf tuag ati. Ciliodd hithau gam neu ddau yn ôl wrth
imi nesáu. Aeth yr haul o'm llygaid ac yr oeddwn yn syllu
ar yr eneth yr oeddwn wedi'i darlunio i mi fy hun ar gyfer
fy nofel. Yr oedd ei llun gennyf mewn pensil ar ddarnau
o bapur yn fy nesg gartref. Yr un osgo, yr un wyneb, yr un
llygad stormus, swil.

Fel dyn yn ceisio deffro o freuddwyd ac yn methu,
gofynnais iddi beth oedd enw'r tyddyn y tu ôl iddi. Bu'n
hir heb ateb, yn fy amau, hwyrach yn fy nghasáu.

' Blaen-y-Cwm,' meddai o'r diwedd, ac yr oedd ei llais
yr un sŵn yn union â'r afon a glywn dros y boncen ar lawr
y dyffryn.

' Yma'r ydych chi'n byw ? ' gofynnais.

Nodiodd ei phen.

' Beth ydi'ch enw chi ? '

Gwibiodd ei llygaid. Yna tynnodd anadl wyllt, a throi,
a rhedeg o'r golwg drwy lidiart y tyddyn. Ymlwybrais
drwy'r grug a'r llwyni llus ar ei hôl.

Pan gyrhaeddais lidiart y buarth yr oedd dyn yn dod i
fyny i'm cyfarfod. Yr oedd tyfiant tridiau ar ei ên, ac yr
oedd ei ddau lygad yr un ffunud â dau lygad yr eneth.

' Bore da,' meddwn i wrtho.

' Bore da.'

' Chi ydi tad y ferch ifanc y bûm i'n siarad â hi gynnau?'

Rhythodd y dyn arnaf.

' Ddaru Mair siarad â chi ? ' meddai.

' Do,' meddwn i. ' Ydi hynny'n anghyffredin ? '

' Mae'n anhygoel,' meddai'r dyn. ' Ddaw hi byth i olwg neb diarth. Dydi'r cymdogion, hyd yn oed, ddim wedi'i gweld hi ers blynyddoedd.'

' Cymdogion ? ' meddwn i, gan edrych ar hyd y milltiroedd moelydd heb weld tŷ yn unman.

' Dowch i'r tŷ,' meddai'r dyn.

Yn y tŷ yr oedd ei wraig, gwraig fach fochgoch, yn siarad fel lli'r afon, ac ambell air Cymraeg yn pelydru yng nghanol ei Saesneg carbwl. Cyn pen dim yr oedd lliain claerwyn ar y bwrdd a chinio'n mygu arno.

' *Come to the table and eat like you are at home. You want a* paned, *I know, after you climb Llwybyr y Graig.*'

Gwenais, a bwyta fel dyn wedi dod adref. Yr oedd fy nofel yn tyfu.

Buom yn sgwrsio ar hyd ac ar led, ac wrth ymadael gofynnais i'r dyn,

' Beth am ddod i lawr i'r Bedol am lasiad heno ar ôl cadw noswyl ? '

Cododd y dyn ei lygaid llymion a dweud,

' Dydw i ddim yn yfed.'

' 'Roeddwn i'n meddwl bod y Cymry i gyd yn yfed,' meddwn i.

Ysgydwodd ei ben.

' Byth er pan fu John Elias yng nghapel Saron,' meddai, ' mae'r arferiad pechadurus hwnnw bron wedi darfod o'r ardal.'

Meddyliais am y dynion yn Y Bedol bob nos.

' O wel,' meddwn i, ' maddeuwch imi am grybwyll. Diolch yn fawr ichi'ch dau am eich croeso. Wyddoch chi ddim faint o werth fu o i mi.'

Safodd y ddau yn nrws y tŷ yn fy ngwylio'n croesi'r buarth, a'r haul ar draws y drws yn eu torri yn eu hanner. Agorais lidiart y buarth, a'i chau, a symudodd rhywbeth yn y cysgod. Agorodd y cysgod a daeth Mair allan i'r haul, mewn ffrog laes at ei thraed.

' Ho,' meddwn i, 'wedi gwisgo yn nillad eich nain, 'rwy'n gweld.'

Yr oedd fy llais yn wastad, ond yr oedd fy ngwaed yn carlamu. Yr oedd hi'n enbyd o hardd. Syllodd hi'n syth i'm llygaid.

'Mi wn i pam y daethoch chi yma,' meddai. 'Ond chewch chi byth mohono'i. 'Dydw i ddim yn perthyn i'ch hiliogaeth chi. Os ceisiwch chi 'nhynnu i o'r mynydd, oddi wrth y defaid a'r gylfinir a'r gwynt, chewch chi ddim ond llwch ar eich dwylo. Gwell ichi f'anghofio i, anghofio ichi 'ngweld i erioed.'

'Ond Mair—'

'Peidiwch â 'nghyffwrdd i,' meddai, a chilio gam yn ôl. Ond yr oedd rhywbeth yn fy ngwthio tuag ati, fel petai rhywun o'r tu ôl imi yn cydio ynof ac yn estyn fy mreichiau tuag ati.

'Chewch chi mohono'i,' meddai eto, a chyda'r gair, troi, a rhedeg drwy'r grug, drwy'r haul, ar hyd y mynydd, a'i ffrog laes yn llusgo dros y twmpathau ar ei hôl. Minnau erbyn hyn yn ei dilyn. Yr oedd yn rhaid imi egluro iddi, ei bod wedi 'nghamddeall i, hwyrach wedi 'nghamgymryd i am rywun arall.

'Mair !'

Ond yr oedd hi'n dal i redeg, weithiau'n troi drach ei hysgwydd, yna'n rhedeg yn gynt. Yr oeddwn erbyn hyn yn benderfynol o'i dal. Yn sydyn, fe'i collais hi mewn pant. Rhedais i ben yr ymchwydd nesaf yn y tir, ond nid oedd olwg amdani yn unman. Eisteddais i adennill fy ngwynt. Daeth gwaedd o rywle draw i'r chwith. Sythais, a gwrando. Daeth y sŵn wedyn, a sylweddolais nad oedd ond dafad yn brefu rywle yn y twmpathau grug. Yn araf, ddryslyd, cychwynnais ar hyd y llwybyr hir i lawr i Bont Oddaith.

'Blaen-y-Cwm ? ' meddai Tomkins yn y stafell ginio y noson honno. ' Does yr un lle â'r enw yna yn y cyffiniau yma, hyd y gwn i. Hanner munud.'

Agorodd Tomkins y drws i'r bar. Na, 'doedd yr un o'r dynion ifanc yn y bar wedi clywed am y lle.

'Ydych chi'n siŵr mai dyna enw'r tyddyn ? ' meddai Tomkins. ' Rhyw enw arall, hwyrach ? '

'Tomkins,' meddwn i. 'Fedra' i'r un gair o Gymraeg. Fyddwn i'n debyg o fedru dyfeisio enw Cymraeg ar dyddyn ?'

'Rhoswch chi,' meddai dyn canol oed gyda mwstás mawr melyn, yn eistedd yn y gornel. 'Dydw i ddim yn amau na fu lle o'r enw Blaen-y-Cwm yn y cyfeiriad yna. Ond os Blaen-y-Cwm oedd hwnnw, mae o'n furddun ers blynyddoedd.'

'Wel,' meddwn i, 'mi gefais i ginio ffyrst clas yno heddiw, beth bynnag.'

'Ddwedwn i mo hynny ar y ffordd yr ydech chi'n bwyta rwan,' meddai Tomkins.

Y funud honno y sylweddolais i 'mod i wedi bwyta cinio digon i ddau.

Ni chysgais i ddim y noson honno. Yr oedd Mair ar fy meddwl. Nid oeddwn erioed wedi credu mewn cariad ar yr olwg gyntaf, ond yr oeddwn i'n dechrau tybio'i fod yn fwy na choel gwrach, wedi'r cyfan.

Bore drannoeth, mi fynnais gan Tomkins ddod gyda mi i fyny i Flaen-y-Cwm. Wedi hir erfyn, fe gytunodd. Gofynnodd imi aros iddo hel ei daclau pysgota ynghyd. Mae Tomkins yn gryn bysgotwr.

Yr oeddem ein dau yn chwysu cyn cyrraedd pen uchaf Llwybyr y Graig. Cyn dod i olwg y tyddyn, dyma eistedd ein dau i gael anadl a mygyn, a gorffwyso'n llygaid ar yr olygfa ysblennydd odanom.

'Wel rwan, Tomkins,' meddwn i, 'dowch ichi gael gweld Blaen-y-Cwm.'

Codi, a dilyn y llwybyr dros ben y boncen, a'i weld yn saethu'n felynwyn o'n blaenau drwy'r grug.

'Dacw Flaen-y-Cwm,' meddwn i, yn codi 'mraich i bwyntio, 'lle—'

Diffoddodd fy llais yn fy ngwddw. Yr oeddwn yn berffaith siŵr fy mod yn yr un lle ag yr oeddwn y diwrnod cynt, ond nid oedd arlliw o'r tyddyn yn unman. Dim ond milltiroedd ar filltiroedd o rug cochddu, yn tonni'n dawel yn y gwynt.

'Ymh'le ?' meddai Tomkins, yn syllu arna'i'n amheus.

Methais â'i ateb. Yr oeddwn yn edrych o'm blaen, ar sypyn o gerrig duon yn ymwthio o'r grug lle y gwelswn i'r tyddyn ddoe.

Yn sydyn, rhwygwyd yr awyr gan chwiban miniog, a dechreuodd y defaid o'm cwmpas sboncio dros y twmpath-au grug a'i gwneud hi am y murddun, a fflachiodd coleri gwynion dau gi meinddu, un o boptu imi, yn y grug. Trois fy mhen, a rhyw ganllath oddi wrthyf, yn pwyso ar ffon fugail hir, safai hen ŵr.

Croesodd Tomkins a minnau ato.

' Blaen-y-Cwm ? ' meddai'r hen ŵr. Cyfeiriodd â'i law tua'r twr cerrig duon. ' Dacw lle'r *oedd* Blaen-y-Cwm hyd ryw drigain mlynedd yn ôl. Mi glywais 'y nhad yn dweud stori ddiddorol am y lle '. Eisteddodd ar dwmpath a thanio'i getyn, a chymryd tragwyddoldeb i'w danio.

' 'Roedd 'Nhad yn cofio,' meddai, ' hen gwpwl yn byw yno, ac un ferch ganddyn'hw.'

' Beth oedd ei henw hi ? ' meddwn i'n ddifeddwl. ' Mair ? '

Tynnodd y dyn ei getyn o'i geg.

' Mair *oedd* ei henw hi,' meddai. ' Sut y gwyddech chi ? '

' Na hidiwch sut y gwn i,' meddwn i.

' Geneth swil iawn, mae'n debyg. Wyllt. Ond fe ddaeth rhyw ŵr bonheddig o Sais yma, ar ei drafel, a'i gweld hi. Mi gollodd ei ben arni, ac mi'i cipiodd hi i ffwrdd hefo fo gefn nos, i ffwrdd tua Llunden 'na rywle. Ac mi'i priododd hi. Fuon'hw ddim yn briod wythnos. Mi ddihangodd yr eneth adre yn ei hôl bob cam. Mi ddaeth y gŵr bonheddig yma ar ei hôl hi. Pan ddeallodd yr eneth ei fod o yn y tŷ, mi redodd allan, ac ar draws y grug, ffordd yma, heibio i'r lle'r ydech chi a finne'n eistedd rwan, a'r gŵr bonheddig ar ei hôl hi, draw tua'r pant acw welwch chi lle'r ydw i'n pwyntio. Ac yn fan'no mi ddiflannodd i hen dwll chwarel, na welwyd mohoni byth. 'Roedd rhai o'r cymdogion yn hel defaid ar y mynydd 'ma, ac fe glywson y waedd. Ie, yn y pant acw y diflannodd hi. Pant y Llances y byddwn ni ffor'ma yn ei alw o. Mae'n debyg mai dyna pam.'

Edrychodd Tomkins arnaf yn sydyn.

' Hawyr bach, ddyn,' meddai, ' rydych chi wedi colli'ch lliw. Beth sy'n bod ? '

' O, dim,' meddwn i. ' Hwyrach nad ydi awyr y mynydd yma ddim yn gwneud efo mi.'

' Mi ddweda' ichi beth wnawn ni,' meddai Tomkins. ' Gorweddwch chi draw acw, ym Mhant y Llances, chwedl ein cyfaill, yng nghysgod yr haul, ac mi af innau i dreio fy lwc hefo'r enwair yn y nant.'

' Os nad ydi o wahaniaeth gyda chi, Tomkins,' meddwn i, ' fe fyddai'n well genny fynd yn ôl i'r Bedol.'

Cyn cychwyn, tra fu Tomkins yn syllu'n hiraethus draw tua'r nant, gwyrais innau i lawr a chodi tywarchen rydd o fin y llwybyr. Nid cynt yr oeddwn wedi cydio ynddi na chipiodd y gwynt hi o'm llaw, a'm gadael yn syllu ar y llwch mawn yn treiglo trwy fy mysedd. Cofiais beth a ddywedodd Mair. Llwch ar fy nwylo.

Yr wyf wrthi ers tro bellach yn sgrifennu fy nofel newydd. Ond nid nofel am Gymru mohoni.

1955

OEDFA TOMOS WILIAM

' Gwd ifning. Ffein ifning.'

Cododd Tomos Wiliam ei het i'r gŵr a'r wraig ifanc oedd yn pwyso ar y llidiart gyferbyn â'r capel. Cododd y gŵr ei ffon mewn saliwt ; gwenodd y wraig wên garedig. Ac aeth Tomos Wiliam yn ei flaen tua'r capel.

Cwpwl ifanc dymunol ydi'r rheina, meddai wrtho'i hun ; gresyn eu bod nhw'n ddigrefydd. Nid oedd wedi torri mwy na dau air â hwy er pan ddaethent i ffarmio i Dan-y-Bryn. Ond yn rhyfedd iawn, pan ddôi ef i'r oedfa chwech ers tair neu bedair nos Sul bellach, yr oedd y ddau yn sefyll yno, yn edrych arno, fel pe'n methu gwybod beth i'w feddwl ohono. A phan ddôi allan o'r capel ar ben saith, fe'u gwelai'n mynd, y ddau, lincyn-loncyn i fyny'r ffordd rhwng y coed. Ac fe wyddai'u bod-nhw wedi sefyll y tu allan i'r capel drwy gydol yr oedfa, i wrando.

Yr oedd wedi'u gwahodd un nos Sul. Magodd gymaint o blwc ag oedd ynddo, a hel ei fymryn Saesneg at ei gilydd, a dweud,

' Dder us a welcom tw iw both in ddy syrfus.'

Yr oedd y gŵr ifanc wedi diolch yn Seisnig gwrtais, a'r wraig ifanc yn ddengar swil. A hynny fu. 'Doedd crefydd ddim yn eu byd hwy ill dau, meddyliodd Tomos Wiliam.

Tynnodd damaid o bapur llwyd o boced ei got, a'i agor. Yn y papur llwyd, wedi'i iro â faselîn rhag iddo rydu, yr oedd agoriad y capel. Pan agorodd y drws, dyna chwa o aroglau cysegredig llwydni ac oel lamp, a llygedyn santaidd yn disgyn ar y mat o'r cwarel coch yn ffenest y cyntedd. Gadawodd y drws allan ar agor gan ei bod hi'n noson braf, ac i mewn ag ef drwy ddrws y cyntedd i'r ale.

Lle i ddim ond trigain oedd yng nghapel Hermon, a byddai rhai o'r gweinidogion yn cellwair am ' gathîdral y Cyfarfod Misol'. Cellwair neu beidio, yr oedd Tomos Wiliam yn cofio'r Cyfarfod Misol, hyd yn oed, yn dod i Hermon. Yr oedd ganddo ddarlun gartref—wedi melynu erbyn hyn, mae'n wir—a dynnwyd ar y darn glas

o flaen y capel. Tair rhes o gedyrn barfog y dyddiau
gynt, pob un o'r hen weinidogion â'i dei gwyn, ac ambell
un o'r rhai ifainc wedi dechrau'u ffansïo'u hunain mewn
coler gron. Ac yn eu mysg, blaenoriaid graenus y wlad
isaf, wedi dod i fyny i 'wynt y mynydd', chwedl hwythau,
i weld pa fath bobol oedd yn trigo ar lethrau Hermon—ac
i weld pa mor dda y medrai'u gwragedd goginio.

Oedd, yr oedd gan y Cyfarfod Misol, hyd yn oed,
barch i Hermon yn y dyddiau hynny. Ond nid felly
mwy. Ac wrth sefyll yno'n wynebu'r pulpud, fe gerddodd
rhywbeth tebyg i ddicter cyfiawn drwy gorff Tomos
Wiliam. Y Cyfarfod Misol hwnnw yn Seion y Dre'
ychydig fisoedd yn ôl, a'r eitem warthus honno ar yr
agenda : 'Cau Capel Hermon'.

Yr oedd wedi gwisgo ar gyfer y Cyfarfod Misol hwnnw
fel na wisgodd ers blynyddoedd. Ac er iddo fod ar ei
liniau tan berfeddion nos mewn gweddi, yr oedd yn ffres
ei gorff a'i feddwl, a'i ysbryd ar dân. Ond fel y llusgodd
eisteddiad y bore i'w derfyn heb drafod dim a oedd o
bwys iddo ef, ac y gohiriwyd cwestiwn Hermon hyd
eisteddiad y pnawn, dechreuodd ei ffyrnigrwydd oeri, ac
aeth yn fwyfwy nerfus yng nghanol y gweinidogion
huawdl a blaenoriaid graenus llawr gwlad.

Amser cinio, ni ddaeth fawr neb i dorri gair ag ef. Ar ei
law dde yr oedd rhai o flaenoriaid Seion a Chaersalem yn
trafod rhyw *five and a half per cent*, ac ar ei law aswy ddau
weinidog ifanc yn cyfnewid rhai o bennau pregethau
Philip Jones ag asbri mawr. Yntau rhyngddyn'hw yno, ei
weddi y noson gynt yn ymddangos yn beth digon tila yng
nghanol yr huodledd hwn, a Hermon druan ar gwr y
mynydd yn ymddangos yn bell ac yn ddibwys iawn.

Yn eisteddiad y pnawn fe ddaeth mater Hermon yn
gynnar. Yr oedd ar Cleveden Jones, yr Ysgrifennydd
Ariannol, eisiau dal trên i'r Sowth, ac ef oedd i gyflwyno'r
genadwri ar ran y Pwyllgor Meddiannau.

Yr oedd yn rhaid cyfaddef fod Cleveden Jones wedi
cyflwyno'r mater yn argoeddiadol. Yr oedd ganddo
bopeth o'i blaid. Wyneb glân, llais peraidd, dull di-

ymhongar. Medrai Tomos Wiliam gofio bron bob gair o'i araith.

' 'Rwy'n siŵr ei bod yn ofid inni i gyd,' meddai Cleveden Jones, ' weld cau unrhyw un o'n capeli. Yn enwedig o gofio llafur mawr y tadau yn eu codi a ffyddlondeb cenhedlaeth ar ôl cenhedlaeth yn eu cynnal.'

Aeth rhagddo'n hamddenol gyffredinol fel hyn am sbel, ac yna fe ddaeth at Hermon.

' Fûm i erioed yng nghapel Hermon fy hun,' meddai. ' Ond yr ydw i a'r brodyr ar Bwyllgor y Meddiannau wedi ystyried y ffeithiau'n ofalus. Ddeng mlynedd yn ôl yr oedd pump ar hugain o aelodau yn Hermon. Chwe mis yn ôl yr oedd yno bump. Heddiw, 'does yno ddim ond un.'

Clywodd Tomos Wiliam y ' dim ond un ' yn ei daro yn ei wynt, a chlywodd hefyd furmur isel pitïol y gweinidogion o'i gwmpas.

' Mae'r un hwnnw,' meddai Cleveden Jones, ' yma yn ein plith ni heddiw, sef y blaenor ffyddlon a gweithgar ar hyd y blynyddoedd, Mr. Thomas William Thomas.'

Trodd tua deugain o wynebau i ryfeddu at Tomos Wiliam. Ac yna troi'n ôl i ddilyn ymresymiad didostur Cleveden Jones. Soniodd am goedwigaeth a diboblogi, am oleuo a thwymo, am gost a threth. Ffeithiau sychion ydi'r rhain, meddai Tomos Wiliam dan ei wynt, ffeithiau sychion nad oes a wnelon'hw ddim â chrefydd. Wedi manylu ac ystadegu beth ymhellach, daeth Cleveden Jones at ei eiriau clo.

' Yn wyneb y ffeithiau diwrthdro hyn, Mr. Llywydd, ac er gofid gwir i bob aelod o'r Pwyllgor, mae'n gwbwl amlwg nad oes dim y gellir ei wneud â chapel Hermon ond ei gau. Y mae, fodd bynnag, un llecyn golau. 'Ryda'ni'n deall y byddai'r Comisiwn Coedwigo yn barod i brynu'r capel fel storws i storio coed. Fe ddaw'r mater yna gerbron rywbryd eto, wrth gwrs. Yr ydw i yn awr, ar ran y Pwyllgor Meddiannau, yn cynnig, gyda gofid, ein bod ni'n cau capel Hermon.'

Clywodd Tomos Wiliam ei waed yn cyrraedd y berw. Ei Hermon ef, a Hermon ei dadau, yn stordy coed . . . Ni

chlywodd odid ddim o areithiau'r gweinidogion a'r
blaenoriaid o'i gwmpas, dim ond digon i gasglu eu bod oll
—' gyda gofid dwys,' wrth gwrs—o blaid ei gau. Ond fe
glywodd rywbeth. Fe glywodd ganu. Canu yn Hermon
hanner canrif yn ôl, y capel yn rhwydd lawn, ac Esra
Ifans a'i fforch sain yn ei law a'i farf yn siglo i dde ac aswy
wrth ledio'r gân. Richard Huws y Wern â'i ddau lygad
eryr, dychryn y plant a phen-diwinydd y cymoedd ;
Elis Dafis ddireidus, holwr digymar yr Ysgol Sul. Ac at y
tri hyn fe welodd Tomos Wiliam ei dad, Robert Tomos, a
allai dynnu'r nefoedd i lawr mewn gweddi, a'i Ewyrth
Huw, a fedrai adrodd pregethau cyfain yr hoelion wyth
ar ei gof. Y pump yn llenwi'r set fawr fechan, fel petai
wedi'i gwneud i'w ffitio. Ac yng nghorff y capel fe welai
siôl Ann Ifans Y Penty, bonet Marged Huws Tŷ Hir, a
chefn du, hirgul, ei fam . . .

    ' Mistar Llywydd ! ' Fe'i cafodd Tomos Wiliam ei hun
ar ei draed, a'r Cyfarfod Misol i gyd wedi troi i rythu arno.
' Mistar Llywydd, rydw i am ofyn ichi ymbwyllo cyn
gwneud peth fel hyn. 'Does gen i mo ddawn y brodyr
eraill 'ma, na'u gwybodaeth nhw chwaith. Ond mi wn i
un peth, a dyna ydi hwnnw. Tir cysegredig ydi Hermon,
allor fy nhadau a 'nheidiau i. A feiddia' i ddim gadael
ichi'i gau o'i na'i werthu o i amcanion bydol. Os gwna'i,
mi fyddan' yno nos Sul nesa' yn 'y nghyfarfod i, ac mi
ofynnan' imi : "Tomos Wiliam, beth wyt ti wedi'i
wneud ? Pam y gwerthaist ti'r lle y bu Duw mor amal yn
ein cyfarfod ni ?''

    ' Mistar Llywydd, ga'i ofyn i chi a'r brodyr eraill 'ma
ymh'le mae'ch ffydd chi i gyd ? Os ydi poblogaeth y
cwm acw ar drai, pwy sy i ddeud na ddaw acw lanw eto ?
"Canys nid fy meddyliau I yw eich meddyliau chwi, ac
nid eich ffyrdd chwi yw fy ffyrdd I, medd yr Arglwydd''. . .'

    Yr oedd wedi eistedd i lawr mewn distawrwydd arteith-
iol. Yna fe besychodd rhywun, ac un arall, ac un arall, a
thoddodd y pesychu'n furmur a'r murmur yn fwmial, a
chododd y Llywydd ar ei draed.

    ' Gyfeillion. Mae'n sicir ein bod ni'n gwerthfawrogi
sylwadau dwys Mr. Thomas William Thomas, ac yn deall

yn dda iawn sut y mae o'n teimlo. Ond yn wyneb yr
amgylchiadau, fel y clywso'ni . . . wel, mae Mr. Cleveden
Jones wedi gwneud cynnig, oes rhywun yn barod i
eilio ? '

Eiliodd rhywun, a phasiodd y Cyfarfod Misol, yn
unfrydol ond heb frwdfrydedd, fod Hermon i gau. Ni
allai Tomos Wiliam aros yno wedi hynny. Cymerodd ei
het a'i got ac ymlwybro'n doredig o'r capel mawr crand.

Ac yntau'n sefyll ar ddreif y capel mawr, yn ceisio
casglu'i feddyliau, clywodd law ar ei ysgwydd. Yr hen
Brydderch Jones oedd yno, gweinidog Bethania, gŵr y bu
Tomos Wiliam yn hoff ohono erioed. Syllodd yr hen
weinidog arno'n garedig iawn, â deigryn yng nghil ei
lygad, a dweud,

' Wel, Mistar Tomos bach, 'rydach chi wedi cael ergyd
go arw heddiw 'ma, on'd do ? Gobeithio na wnewch chi
ddim meddwl mai cusan Jiwdas ydi i mi siarad â chi fel
hyn. Mi fotiais i dros gau capel Hermon, am na fedrwn i
o gydwybod wneud fel arall. Mae'ch oes chi a fi wedi
mynd heibio, a fedrwn ni ddim cadw adeilad ac arferiad
dim ond am 'u bod nhw'n annwyl i ni. Lle i gynulleidfa
ydi capel wedi'r cwbwl, ac os nad oes cynulleidfa, 'does
dim diben i'r capel. Triwch weld y peth fel yna, 'rhen
gyfaill.'

Yr oedd Tomos Wiliam wedi trio, ac wedi methu. Yr
oedd yn siŵr fod rhyw synnwyr yn yr hyn a ddwedodd
Prydderch Jones, ond 'doedd Prydderch Jones ddim wedi'i
fagu yn Hermon. Na neb o'r lleill ychwaith. Yr oedd
Tomos Wiliam wedi gwrthod allwedd y capel i'r Pwyllgor
Meddiannau, ac wedi gwrthod agor y capel i neb. Yr
oedd wedi codi baner gwrthryfel.

Edrychodd ar ei wats ac yna ar gloc y capel, fel y
gwnaeth bob nos Sul ers deugain mlynedd. Cododd, a
ledio emyn. ' Daw dydd o brysur bwyso Ar grefydd cyn
bo hir.' Canodd y pennill, a'i ddyblu, a'i lais a fu unwaith
yn felodaidd yn cwafrio yn y gwacter. Pan roes ei lyfr
emynau i lawr, edrychodd yn syn tua'r sedd gefn. Yr
oedd y Sais ifanc a'i wraig wedi dod i mewn, ac yn
eistedd yno'n nerfus. Aeth Tomos Wiliam â llyfr emynau i

bob un, hwythau'n cymryd y llyfrau fel petaen'hw'n
boeth o'r popty.

Darllenodd salm, ac aeth ar ei liniau. ' Nid oes yma
onid tŷ i Dduw, a dyma borth y nefoedd.' Yn eco'r capel,
nid ei lais ef ei hun a glywodd Tomos Wiliam, ond llais ac
ymadroddion Robert Tomos ei dad.

' And now, ffor ddy sêc of owar Inglis ffrends, wi wil
sing an Inglis hum.'

Yr oedd y wraig ifanc yn y cefn yn medru *canu.* Llais
soprano gwych. 'Doedd ei gŵr ddim yn ganwr, ond pan
aeth Tomos Wiliam â'r plât casglu ato, fe roes bapur
chweugain arno heb betruso dim.

' Wil iw cym agen ? '

Nodiodd y gŵr ifanc yn ddigon iach. Ond yr oedd
gwefus ei wraig yn crynu.

' *I was brought up chapel.*'

Ar ei ffordd adref i Dy'n-y-Mynydd—dwy filltir o
ffordd, a neb i'w dderbyn wedi cyrraedd ond y gath a'r ci
—safodd Tomos Wiliam i edrych ar y ddau dŷ newydd
oedd yn codi ar y llain wrth yr afon. Tai i weithwyr y
coed. Byddai capel Hermon yn gyfleus i'r rhain.

1960

Y TRÊN OLA

' Bora da, John Ifans. Bora braf.'

' Bora go ddu, Huw Lewis. 'Neis i ddim meddwl y gwelen ni'r dydd y bydda hen stesion y Bont yn cau.'

' Wel, ma raid symud hefo'r oes, meddan nhw.'

' Symud, wir ! Stopio y bydda i'n gweld popeth.'

' Ia 'ntê.'

Does gen i ddim ateb iddo fo. Does gan neb ateb byth i John Ifans. Mae o wedi arfer cael y gair ola, nid am 'i fod o'n 'i fynnu o, ond am 'i fod o'n 'i haeddu o rywsut. Dyn ydi John Ifans sy'n gadael 'i deulu'n edrych ar y teledu yn y parlwr, ac yn mynd i'r gegin ar 'i ben 'i hun i ddarllen. 'I ddau hoff awdur o ydi Tolstoi ac Emrys ap Iwan. Mae o wedi methu mynd ar y Cyngor Sir, achos mae'n well gan bobol yr ardal y Pitar Ffowcs gwên-deg 'na o waelod y Llan. Ond John Ifans siaradodd orau yn yr ymchwiliad cyhoeddus.

' Caewch chi stesion y Bont,' medda fo, ' a chyn bo hir mi gaewch chi gant o ddrysa yn yr ardal 'ma.'

Doedd dyn y British Relwes ddim yn deall yn iawn beth oedd o'n 'i feddwl. Ond mi nath John Ifans iddo ddeall.

' Y tebyg ydi, syr,' medda fo, reit foneddigaidd, ' fod 'na ormod o bobol lle'r ydach *chi*'n byw. Rhy chydig sy gynnon ni yma. Pan fydd gynnoch chi funud i'w sbario, ewch am dro i fyny'r cwm 'ma, a sbiwch ar yr holl furddunod gweigion sy 'no. Sbiwch yn iawn arnyn nhw, a gofynnwch i chi'ch hun pam y ma' drain yn tyfu yn 'u cegina nhw yn lle plant. Os ydach chi'n lecio murddunod, os ydach chi'n meddwl 'u bod nhw'n bictiwresg ac y bydda'n neis cael mwy ohonyn nhw yn yr ardal 'ma, caewch y stesion. Fedra i neud fy meddwl ddim cliriach ichi na hynna.'

Mi edrychodd dyn y Rheilffyrdd Prydeinig yn fwy deallus wedyn. Ond chafodd araith John Ifans ddim effaith.

' Bora da, Huw Lewis.'

' O, bora da, Mrs. Huws. Mynd am y trên yr ydach chi ? '

' Ia. Meddwl y baswn i'n lecio trip bach arno fo am y tro ola—o'r stesion *yma* felly 'ntê. Mi fydd yn rhwbath i ddeud wrth blant y ferch pan dyfan nhw, mod i wedi bod ar y trên ola i stopio yn y Bont. Hwyl ydi gneud rhwbath am y tro ola 'ntê.'

' Wel, mae'n dibynnu—'

' Yr unig draffarth fydd dwad yn ôl. Mi ddudodd Charlie'r bwcin offis nad oes dim rityrn heddiw. Ond ella daw John gŵr Leusa'r ferch â fi'n ôl yn y car. Car sy gin bawb heddiw 'ntê. Dyna pam ma raid cau'r stesions 'ma, meddan nhw. Gormod o geir.'

' Mwy o geir fydd pan gaeir pob stesion, Mari Huws,' meddai John Ifans. ' Mwy o geir, a mwy fyth o ddamweinia.'

' Ia, John Ifans, dyna chi,' meddai Mari Huws, a'i baglu hi am ei bywyd tua'r platfform. Dianc oddi wrth John Ifans y bydd pawb, fel petae rhyw glefyd arno fo. Efallai, ran hynny, mai math o glefyd heddiw ydi bod yn ddeallus.

' Ewadd, pryn sioclad i'r diawl bach i gau'i geg o ! '

Twm Pen-lôn a'i wraig a'i saith blentyn, ac un o'r rhai lleia'n gweiddi bw-hŵ am bisyn tair i'w roi yn y peiriant siocled.

' Mae o wedi byta llond 'i berfadd o dda-da'n barod, Twm,' meddai'r wraig, ' ac ma'i ddannadd o'n pydru fel fflamia.'

' Phydran nhw ddim chwanag nelo un bar o sioclad, neno'r nefodd annwl,' medda Twm. ' A phrun bynnag, fydd y mashîn sioclad diawl ddim yma ar ôl heddiw ; ma nhw'n mynd â fo o'ma.'

' D ân nhw ddim â fo o'ma.'

' Wel, ân, siŵr dduw. I be ma mashîn sioclad da heb stesion ? '

' Does gin i ddim pishin tair, prun bynnag.'

' Nag oes, dyffeia i di. Does gin ti byth ddim byd ond tafod drwg.'

' Dyma chdi, mach i,' medda John Ifans, ac estyn pisyn
tair i'r brefiadur. ' Mae 'na rwbath yn yr hyn ma'ch gŵr
yn 'i ddeud, Sera Edwards. Fydd y peiriant siocled 'ma
ddim yn demtasiwn i'r plant ar ôl heddiw. Ma 'na ryw
dda ymhob drwg.'

' Diolch fawr, Mistar Ifas,' medda gwraig Twm, a rhyw
olwg wyllt, ofnus arni. Nòd gan Twm, a llusgo'i blant yn
frysiog tua'r platfform. Pisyn tair John Ifans wedi'u
sobri nhw, fel bendith esgob.

' Ma'r trên yn dwad, Huw,' medda John Ifans.

Mi ddwedodd rywbeth arall hefyd, ond fe'i boddwyd o
gan daran y Snowdonian mawr gwyrdd wrth garlamu i'r
stesion.

' Does fawr ryfedd fod y stesion 'ma'n cau, John Ifans.
Does dim dau ddyrnad o bobol ar y trên i gyd. A does
neb yn disgyn yn y Bont 'ma heddiw. A neb yn mynd
arno fo ond Mari Huws, am hwyl.'

' Mae *o* arno fo,' medda John Ifans yn dywyll.

Wyddwn i ddim am funud pwy oedd y *fo* hollbwysig.
Ac yna mi'i gwelais o. Yr unig un yn y cerbyd dosbarth
cynta, het ddu feddal-galed am ei ben, yn darllen y
Financial Times drwy sbectol talu'n-breifat.

' Gobeithio'i fod o'n cael blas ar 'i gomic,' medda John
Ifans yn chwerw dost. ' Ma ddowt gin i ydi o'n 'i ddeall
o.'

' Dydach chi ddim yn barchus iawn o'n haelod seneddol
ni, John Ifans.'

' Rydw i'n rhoi parch lle ma parch yn ddyledus. Dim
ond bedwar mis yn ôl yr oedd y sbectol fawr 'na'n
disgleirio arnon ni yn ysgol y Bont, yn addo, petae'i blaid
o'n ffurfio llywodraeth, na chaeid dim un stesion ar hyd y
lein 'ma i gyd. O, geiria braf. Llaeth a mêl. Ac mi
gafodd o fôts. Fôt Twm Pen-lôn. Fôt Mari Huws. A
llawer Twm a Mari arall. Ydi o'n edrach arnyn nhw
heddiw ? Ydi o'n edrach ar stesion y Bont, y tro olaf y
ceith o'i gweld hi'n iawn ? Nag'di, siŵr. Ma'r sbectol
fawr serennog wedi machlud yn y *Financial Times*. Ac
mae'n fwy na thebyg 'i fod o'n edrach sut ma'i siârs o'n
gneud heddiw.'

Gan 'mod i fy hun wedi rhoi fy fôt i'r aelod seneddol,
does gen i ddim ond tewi. Fynnwn i er dim i John Ifans
wybod. Dydw i ddim yn cyd-fynd â'i bolitics o, mwy na'r
rhan fwya o bobol yr ardal 'ma, ond mae arna i ofn 'i
lygaid o. Mae 'na ormod o Dolstoi ac Emrys ap Iwan
ynyn nhw i 'ngneud i'n gysurus.

Mae gyrrwr y Snowdonian yn rhoi'i ben allan o'r cab,
a'r giard yn gwthio'i chwisl i'w geg ac yn codi'i fflag.
Ddigwyddith hyn byth eto yn y Bont. Mi ddylwn fod
wedi dwad â 'nghamra. Ac eto, rydw i reit falch na neis i
ddim. Mae'n well gen i gofio'r stesion 'ma'n llawn o blant
yn mynd ar drip ysgol Sul, a minna'n 'u canol nhw, yn
gwasgu'r swllt newydd ges i gan yr arolygwr rhag iddo
ddisgyn i'r twll du rhwng y platfform a'r trên. Ac yn
llawn o deulu Gwen a minna pan oeddan ni'n cychwyn ar
yn mis mêl, a Gwen yn pwyso'n rhy bell drwy ffenest y
trên a'r gwynt yn chwythu'i het binc going-awê yn syth i
ddwylo Now Portar. Dyddia dedwydd . . .

'Wel, dyna fo, lads bach. Mae o wedi mynd ichi, a'i
ogla hefo fo.'

Twm a'i dylwyth yn dod yn ôl, yn tyrfu drwy'r bwcin-
offis a'u naw pâr o draed yn drymio'n wag ar y byrddau.
A'r eco'n hongian yn y gwacter wedi iddyn nhw fynd.
Charlie'n tynnu'r caead pren dros y twll tocynnau am y
tro ola. Ymh'le y caiff o waith rwan, tybed ?

' Ydach chi'n dwad, John Ifans ? '

' Rydw i'n mynd, Huw, ydw. Does dim byd yn dwad
bellach. Mynd y ma popeth erbyn hyn.'

' Ond ro'n i'n meddwl ichi ddeud gynna mai stopio ma
popeth.'

Am unwaith, dydi o ddim yn ateb. Teimlad od ydi cael
y gair ola ar John Ifans.

1963

Y DDAFAD

(Yn iaith Dyffryn Ceiriog)

Do, lad, mi werthes y lot ddwytha o ŵyn yn Dre ddoe, a phris eitha amdanyn nhw 'efyd. Ma'r mogied yn hiraethus ; wedi brefu drw'r nos. 'Nes i ddim dyfnu'r ŵyn leni, dim ond i gwerthu nhw fel y doen nhw'n barod. Ŵyn cynnar bia'i rwan. Ynden, ma'r hen fogied yn hiraethus. Liciet ti i gweld nhw ? Dw i'n mynd i rownd nhw rwan.

Defed ydi 'mhethe i, wyddest. Dw i'n ffond o ddefed. Daswn i'n fardd mi faswn i'n canu awdl am ddefed. Ma'r ŵyn mor bropor yn y gwanwyn, yn bownsio fel plu eira hyd y werglodd ; mi alla i sbio arnyn nhw am orie. Ma'n biti i bod nhw'n tyfu. Ond ma 'na rwbeth yn hoffus ynyn nhw ym mhob oed—run fath â phobol. Sbyrnied a sbinod—ma nhw'n smart ; ym mlode i dyddie, fel y dudet ti. Llond corlan o fyllt cynnes, yn fyr i gwynt ar ôl i hel—mi fydda i wrth 'y modd yn hwffio drwy i canol nhw ac yn i modi nhw, yn i byta nhw efo blaene 'mysedd. Hen fogied clên, fel y rhein dw i'n mynd i'w ddangos iti rwan. Ambell i Samson o hwrdd, i ben i fyny a'i lygid yn sbio i'r pellderodd, yn fodlon arno fo'i hun ar ôl gwanwyn da o waith. Ac ambell i hen sgyrren, wedi methu cymyd hwrdd, yn wag ynghanol llond cae o rai cyfeb—ma genna i rw biti drosti ; ma natur yn frwnt wrth rai.

Oes, ma 'na rw sgyrren ne ddwy bob blwyddyn. Ond ma genna i un—os y fi bia hi 'efyd—gei di i gweld hi mewn munud—ma'i efo fi es ugien mlynedd. Yndi, mae'n anodd credu'n dydi ? Un ddu ydi hi, a dau gorn cyrliog fel hwrdd Cymreig. Mwy cyrliog, os rhwbeth. O le doth hi, does genna i ddim syniad. 'Wrach y bydd gennat *ti* rw syniad pan weli di hi. Ond dw i'n deud wrthat ti, ma'i yma es ugien mlynedd, ac ma hi'n mynd yn fwy bob blwyddyn. Ma hi'n fwy na'r un hwrdd fuodd

genna i rioed. Ma hi'n anferthol. Ond mi gei weld
drostat dy hun mewn munud.

Mi dduda iti pryd weles i hi gynta. Oeddwn i newydd
fod yn ffair Syswellt*, yn prynu dau ddwsin o fogied.
Wedi i troi nhw i cae, a mynd am 'y nhe. Ar ôl godro a
throi'r catel allan, mi bicies draw i weld sut oedd y mogied
newydd yn setlo. A diawc, dyna lle oedd hi, yn ddu ac yn
gorniog yn i canol nhw. Peth hyll, dene, legiog, yn
edrych arna i fel sbur. O le doth hi, a phryd, a pham . . .
fedrwn i neud na phen na chwmffon ohoni.

Wel i ti, ddy' Mercher wedyn mi es i ffair. Oeddwn i
wedi prynu'r mogied gen ddyn o'r wlad isa, o Clun
ffor'na, rhw gochyn o'r enw Briggs. A dyma fi atow, a
deud wrthow 'mod i wedi prynu dau ddwsin o fogied
gennow, ond nad oedd genna i ddim isio'r ddafad ddu
hyll oedd o wedi'i rhoid efo nhw, a fasew'n i chymyd hi'n
ôl? Duw, na, doedd o ddim wedi gwerthu dafad ddu imi.
Phia fo moni. Doedd gennow'r un ddafad ddu ar i ffarm.

Oedd 'i'n mynd yn niwl arna i rwan. Mi es i rownd y
cymdogion. Na, doedd neb ohonyn nhw wedi colli
dafad ddu. Mi es at y plismon. Mi ddudes wrth y
plismon defed. Ac mi ros y peth yn papur. Disgwyl
wedyn. Clŵed dim. Neb yn i hawlio'i. A 'thgwrs, doedd
genni hi ddim nod clust, gan na fuodd hi rioed ar fynydd,
na dim sbotyn o nod coch nac unrhyw nod arall ar i
gwlân.

Wel, medde fi wrtha'n hun, dw i wedi cal dafad ddu.
Phia neb moni. Ne beth bynnag, does neb yn i honio'i.
Ma'i fel dase'i wedi dwad o fyd arall. Ydw i'n deud
wrthat ti, oeddwn i wedi cymyd yn i herbyn hi o'r
dechre, ond doedd dim i neud rwan ond i'w chadw'i.

Reit. Mi ddoth yn aea caled. Y gaea hwnnw, os wyt
ti'n cofio, pan oedd 'i'n bwrw rhew. Modfeddi o rew ar
ben trodfeddi o eira, a phob gwelltyn a brigyn wedi i
lapio mewn bys o rew. Oedd y Berwyn 'ma i gyd fel
gwydyr. Finne'n gorod cario gwair i'r defed, cario a dal i

---

*Croesoswallt.

gario, beichie ar ôl beichie. Oedden nhw wedi sefyll yn
rhes ar dop y llechwedd t'ucha'r tŷ, a finne'n gorod
rhwmo'r beichie gwair ar 'y nghefn a chripian ar 'y
mhedwar i fyny atyn nhw. A phan fyddwn i bron â
chyrredd y top, llithro'n ôl i lawr y llechwedd i'r gwulod,
a gorod ail gychwyn wedyn. Oedd y gwair wedi darfod
yn y dalfod wrth ben y côr, ac oeddwn i'n gweld y gwair
yn y cowlas yn mynd yn is bob dydd, a dim sein am
ddiwedd ar yr heth. Oeddwn i'n blino, ac oeddwn i'n
poeni.

Oedd y defed wedi mynd bron yn rhy wan i fyta. Ond
am yr hen ddafad ddu 'ma, oedd hi'n byta cymint â
cheffyl. Mi fyte'n harti o flaen trwyne'r lleill. Mi gyme
wair o'u cege nhw. Weles i ddim byd tebyg yn 'y nydd.
A wedyn, mi ddechreuodd y clwy penne. Oedd y defed
yn trigo bob yn un, ac nid o achos yr oerfel. Y defed
oedd yn trigo oedd y rheini oedd yn cario dau oen. Mi
garies un ar ôl y llall i'r côr, a'u rhoi nhw yn y bing o
flaen trwyne'r catel lle oedd 'i'n gynnes. Oedd y bing yn
llawn ohonyn nhw, fel dwy res o sgerbyde, ond trigo'r
oedden nhw, gwaetha fi yn 'y nannedd. Ond wyt ti'n
meddwl bod siawns i'r hen sgyrren ddu 'na drigo ? Dim
peryg, lad. Tra oedd y lleill yn marw'n rhesi yn y bing,
oedd hi ar dop y llechwedd yn nannedd yr heth yn tyfu.
Weles i rioed moni'n edrych cystal â'r gaea hwnnw.
Doedd hi ddim yn cario dau oen fel y defed oedd yn marw.
Doedd hi'n cario'r un.

Mi basiodd y gaea, ond oeddwn i wedi cymyd mor arw
yn erbyn yr hen ddafad ddu 'ma, mi benderfynes i
gwerthu hi. Ganol y gwanwyn mi biges rw bump o
ddefed gweigion, a'i rhoi hithe efo nhw, a ffwr' â fi i ffair.
Ches i fowr amdanyn nhw, ond oeddwn i reit falch o gal
i lle nhw ; oedd y borfa'n ddigon tene. Dyna fi wedi cal
gwared o honna, medde fi wrtha'n hun, a gwynt teg ar i
hôl 'i.

Diawc erioed, pan gyrhaeddes i adre, a mynd i rownd y
defed oedd yn dwad ag ŵyn, be welwn i yn i canol nhw,
mor biwc ag erioed, ond y hi. Nefoedd wen, medde fi, sut
ufflon y doth hon yn ôl yma, a finne newydd i gwerthu hi

ddeng milltir i ffwr' ? Oedd hi fel log o flotyn du ar y
cae ynghanol 'y nefed bach gwynion i, ac yn sbio arna i
fel melltith.

Wel, hynny fu. Mi ddoth yn adeg golchi defed. A'i
golchi hithe, er mod i wedi meddwl peidio. Oedd gas
genna i feddwl am roid i hen wlân pygddu hi efo gwlân
gwyn y lleill. Beth bynnag i ti, oeddwn i'n sefyll ar ymyl y
llyn trochi a dowcar yn yn llaw, yn i darow ar wddw pob
dafad wrth iddi basio, a'i dal hi dan ddŵr am funud. A
dyma Dic Gelli'n towlu'r sgyrren ddu i mewn, er i fod o'n
tyngu wedyn na ddaru o ddim. Wel, i ddechre, mi nath
gymint o sblash nes oeddwn i'n lyb dyferol. Wedyn, mi
gydiodd y dowcar yn i gwlân hi, fel dase'r gwlân melltig-
edig hwnnw'n cyrlio amdanow, a'r peth nesa wyddwn i,
oeddwn i dros 'y mhen efo'i yn y dŵr budur. Ac i orffen y
job yn iawn, dyma hi gic imi yn yn 'senne nes oeddwn i'n
plygu, cyn neidio dros y fflodiat ar ôl y lleill. Oedd hi fel
dase hi'n dial arna i am drio'i gwerthu hi. Mi alli di
chwerthin, ond mi wn i mai dial oedd o 'efyd.

Mi basiodd y flwyddyn honno, a'r flwyddyn wedyn.
Oedd y sgyrren ddu'n byhafio'n eitha rwan, ond bod gas
genna i 'i gweld 'i. Dase hi'n dwad ag oen ne rwbeth i
dalu am i chadw, ond doedd hi'n dda i ufflon o ddim.
Dim ond i dyfu. Oedd hi ben ac ysgwydd yn uwch na
phob dafad arall ar y lle, a'i dau gorn fel dwy neidar am i
phen 'i.

Oeddwn i wedi prynu hwrdd newydd. Hwrdd Lestar
mowr. Cradur nobl, efo trwyn fel eryr a sane gwynion a
charped o wlân. Oedd o bod wedi bod efo'r defed i gyd,
hyd y gwelwn i, ond efo'r sgyrren ddu. O, chymith hi mo
hwn chwaith, medde fi wrtha'n hun. Oedd yr hen
ladi'n cadw led cae o'wrthow.

Ond un fin nos, be welwn i ond y Lestar mowr a
hithe efo'i gilydd yng nghornel y cae. Wel, medde fi, ma
meilord wedi i meistroli hi. Siawns na cha i oen genni hi
tro yma, ond gobeithio bydd o'n well peth nag ydi *hi*.
A mi es adre wedi cal rhw foddhad. Bore dranweth, mi
es i'r cae. Oedd y Lestar mowr yn gorwedd yn farw
gelen a'i fol wedi'i agor gen bâr o gyrn.

Mi es adre ar unweth, yn nadu fel plentyn. Oedd yr
hwrdd 'na wedi costio arian. Mi stynnes y gwn o'r
gornel, i lwythow, a rhedeg yn ôl i'r cae. Oedd hi'n pori
ar ben i hun ar y boncyn, yn pori'n fân ac yn fuan fel
das 'i ar lwgu. Mi gei lwgu, 'morwyn i, medde fi—am
byth. Ches i rioed well targed. Oedd hi fel dase'i wedi i
gosod imi.

Mi godes y gwn. Mi neles. A thanio. Ond fel oeddwn
i'n tanio, mi symudodd. A be welwn i'n dod i'r golwg tu
nôl iddi ond dafad arall, oedd yn pori, ma raid, yn i
chysgod hi. Mi ddisgynnodd honno'n gorff, a'i phen yn
llawn o siots. Ond y sgyrren ddu ? Ddim tamed gwaeth.
Mi ddaliodd i bori'n fân ac yn fuan ; ddaru'r ergyd ddim
hydnod i 'chrynu hi.

Mi fuodd bron imi saethu'n hun. Dyna'r meddwl nesa
ddoth imi. Allwn i ddim tanio wedyn ar y sgyrren ddu.
Oeddwn i wedi cal cymint o fraw, oeddwn i'n siŵr y
baswn i'n lladd un o 'nefed bob tro y baswn i'n nelu ati.
Dyna'r tro cynta iddi godi ofn gwirioneddol arna i.
Oeddwn i'n sâl swp gen ofn.

Ond oedd hi'n ddy' Mercher dranweth. Aros di tan
fory, 'mechan i, medde fi, ac mi gei fynd. O ddifri tro
yma. Ond pan ddoth dranweth, ath hi ddim. Wn i
ddim prun ne'r ofn ne be, ond oeddwn i'n rhy lesg i fynd
i ffair. Ac aros nath hi.

Mi ddaliodd i dyfu. Flwyddyn ar ôl blwyddyn oedd
hi'n tyfu. Oedd hi wedi mynd gymint ddwyweth â'r
hyrddod. Oeddwn i'n i chneifio'i, ond doedd y cnu'n dda
i ddim. Oedd o'n chwalu yn 'y nwylo i. A doedd hi byth
yn dwad ag oen. Sgyrren oedd hi, wrth natur.

Beth bynnag i ti, un fin nos oeddwn i'n rowndio'r
defed. Oedd hi'n hen dywydd mwll, poeth, a thrane o
gwmpas, ac oedd amryw o'r defed yn fyw o gynthraw.
Oedd hi'n biti i gweld nhw, yn troi ac yn trosi ac yn
rhwbio ym mholion y gwrych, a'u cefne'n gig noeth. Ond
amdani hi, oedd hi'n pori'n braf ar ganol y cae, i gwlân
diwerth hi'n gyfan a'i chroen yn berffeth iach, heb run
gwybedyn na chynthronyn yn agos ati. Dow, mi wyllties.
Oeddwn i wedi blino, wedi bod wrthi efo'r gwelle a'r oel

briwie es orie. ... yn gweld hon fan yma cyn iached â
chneuen ynghanol y diodde i gyd. Mi gerddes yn ddistaw
tu nôl iddi, bachu bagal yn ffon am i gwddw'i, a'i dal 'i.
Oedd hi'n gre, ac yn cicio fel ceffyl, ond mi ddalies 'y
ngafel. Mi dynnes gortyn o'r bag ar 'y nghefn, a gneud
llyffether, a chlymu i thraed hi, a'i thowlu hi ar y glas-
wellt. A wedyn, mi dynnes 'y nghylleth boced.

Rwan, y ladi barddu, medde fi, mi gawn ni weld prun
ne ti ne fi ydi'r cryfa. Nid gwn sy genna i tro yma ; does
'na ddim peryg imi ladd un o'r lleill. Ydw i'n mynd i
d'orffen di. Dydi 'mywyd i ddim gwerth i fyw.

Mi gydies yn i gwddw'i, a rhannu'r gwlân efo 'mysedd
i neud lle clir i'r llafn. A chodi'n llaw'n ddigon uchel i
roid ergyd iawn. Ond pan oedd y gylleth ar i ffor' i lawr,
dyma hi'n sbio arna i a'i dwy lygad fel tân, ac yn rhoi
rhw sgytwad. A dyma'r llafn i 'ngarddwn chwith i. Y
peth ola weles i oedd y gwaed. Mi ath yn nos arna i
wedyn.

Pan ddos i ata'n hun, oeddwn i'n gorwedd yn tŷ a'r
doctor wrth 'y mhen i. Oedd Dic Gelli wedi digwydd
dwad heibio, a 'ngweld i ar y cae yn gwaedu. Mi ofynnes
iddow be am y ddafad ddu. Welodd o'r un ddafad ddu.
Dim ond darn o gortyn wedi constro ar lawr yn yn ymyl i.

Ma raid mod i wedi colli peintie o waed. Mi fues i'n
gorwedd am dridie, a mi gymodd amser imi ddwad yn
ddigon cry i roi tro i rownd y ceue. Ond pan es i, y peth
cynta yr edryches i amdanow oedd y hi. Daswn i heb i
gweld hi, mi faswn wedi cal rhw siom ryfedd. Ond oedd
hi yno, ddigon reit. Oedd hi yno i gyd.

Hyd yn hyn, oeddwn i wedi bod yn paffio yn i herbyn 'i,
a wyddwn i ddim yn iawn prun oedd y mistar. Ond mi
ddoth pen ar y paffio. Ac fel hyn y buodd 'i.

Ma 'na hen graig serth rw chwarter milltir o fanma.
Craig Ifans y byddwn ni'n i galw'i, achos mi fuodd 'na
hen waith yno ryw oes. Yr ochor yma iddi ma'r tir yn
wastad, ond 'rochor draw ma 'na ddynjwn o rei cannodd
o drodfeddi. Gorod imi osod ffens gre i rwystro'r defed
a'r catel ifinc fynd ati, achos oeddwn i wedi colli mwy
nag un oen, wedi llithro odd'arni, a mi ges heffer arni

unweth wedi torri i choes. A dath 'na'r un ddafad drw'r
ffens. Ond hon. Mi ath meiledi, fel y galli di feddwl.

Dase'i wedi mynd i hun, mi allwn i fadde iddi. Ond
mi ath â thair o sbinod blwydd i'w chalyn. A phan
ffeindies i nhw, oedden nhw'n sefyll yn swp efo'i gilydd
ar y graig ucha un. Mi roth 'y nghalon i dro pan weles i
nhw. Sut gythgam ydw i'n mynd i gal y rhei'cw o'cw heb
i'w styrbio nhw ? medde fi wrtha'n hun. Mi fydd raid
imi'w cario nhw ar 'y nghefn.

Wel, mi rwmes yr ast wrth y postyn tynnu yn y ffens.
A chropian ar 'y mhedwar tuag atyn nhw, o graig i graig,
yn cadw 'mhen i lawr. Oeddwn i reit yn i hymyl nhw
rwan, a doedden nhw ddim wedi 'ngweld i. Ond oedd
raid imi ddwad i'r golwg, achos oedd 'na ddarn llydan
gored rhyngtha i a nhw. Oedd 'y nghalon i'n curo fel
gordd : meddwl am y dynjwn 'na odanyn nhw, a mi fase
un cam gwag yn ddigon.

Mi godes 'y mhen yn ara deg. A mi welodd fi. Hi, yr
hen sgyrren ddu, welodd fi gynta, wrth reswm. A dyma
hi'n rhoi bref, ac yn stampio'i throed. Mi gadd un o'r
sbinod fraw, a rhoi naid, ac i lawr â hi i'r dynjwn odanodd.
Wel, dyna ddiwedd ar honna, medde fi. Hesbin fach
bropor, fase wedi magu am flynyddoedd.

Ymlaen â fi, yn crensian 'y nannedd. Pan oeddwn i o
fewn pumllath, dyma'r hen sgyrren ddu yn troi fel
pegtop, ac yn rhoi hwyth i un o'r ddwy hesbin arall efo'i
phen ôl. Dyma honno wedyn odd' ar y graig, ac yn
bowlio i lawr i'r dyfnderoedd, â rhw fref hir fel plentyn.

Oeddwn i'n nadu erbyn hyn. Doedd genna i mo'r help.
Un peth oedd ar 'y meddwl i : achub yr hesbin fach ola,
costied a gostio. A dyma fi'n estyn yn ffon yn dringar,
dringar, trio cal y bagal am wddw'r hesbin cyn iddi
neidio. Ond cyn i'r bagal i chyrredd hi, be nath yr hen
sgyrren ddu—ran sbeit, dim byd arall—ond rhoid i
chyrnie dan yr hesbin, a phroc. A dyna'r drydedd hesbin
yn diflannu o 'ngolwg i yn y dynjwn chwith.

Mi sefes wedyn, a mi ddiawlies y sgyrren, does dim
rhaid imi ddeud. Mi diawlies hi i uffern, ac ymhellach
na hynny. Cer dithe ar i hole nhw, medde fi, a 'nagre i'n

bowlio. Cer ! Cer ! Oedd hi'n sefyll yno, a'i gwefuse
duon wedi cyrlio odd' ar i dannedd, yn union fel dase hi'n
chwerthin. Os gwyllties i rywdro, mi wyllties wedyn. Mi
gydies yn yn ffon, a rhoi proc milen iddi efo'r ffurel, ac un
arall, ac un arall. Ond doedd 'na ddim symud arni.
Oedd hi fel dase'i thraed hi wedi i sodro yno. A wyddest
ti be nath hi wedyn ? Mi drychodd arna i, fwya tor-
calonnus, cystal â deud, ' Wyt ti am 'y ngadel i ar yr hen
graig 'ma i drigo ? '

Mi ath 'na rwbeth rhyfedd drosta i. Allwn i mo'i
hedrych hi ym myw i llygad. A'r peth nesa wyddwn i,
oeddwn i wedi'i chodi ar yn sgwydde ac yn bustachu efo'i
dros y creigie a'r glaswellt llithrig yn ôl at y ffens. Mi'i
rhos hi i lawr yn y cae. Mi droth unweth, ac edrych arna i
fel y diawl i hun, cystal â deud, ' Mi'r wyt ti'n ffŵl
gwrian.' Ac i ffwr' â hi.

Mi wyddwn fod y paffio ar ben. Doedd dim dwyweth
rwan pwy oedd y mistar.

Wel, dyna ni. Aros imi agor y llidiat 'ma, mi awn i
mewn i'r cae. Dacw nhw, weldi, rhen fogied. Dal i frefu
am i hŵyn, y craduried bach. Does 'na ddim cymint
ohonyn nhw â ddyle fod. Ydw i wedi colli lot o ddefed es
ugien mlynedd.

Aros di rwan, lle ma hi, dŵed ? Mi ddyle fod yma . . .
Does dim dichon peidio'i gweld hi, ma'i mor fowr. Dacw
hi. Wel'di hi ? O dan y pren criafol 'cw yn y gornel . . .

Be ddudest ti ? Weli di moni ? Wel, gweli, debyg
iawn. Dacw hi'n symud rwan at y ddwy famog 'cw wrth
y gwrych. Alli di ddim peidio'i gweld hi os nag wyt ti'n
ddall.

Wyt ti . . . reit siŵr ? Alla i ddim dallt y peth. Alla i
mo'i ddallt o o gwbwl. Ma Dic Gelli'n deud na welodd
o rioed moni. Ma'r wraig 'cw'n deud na welodd hithe
moni, na ŵyr hi ddim am be dw i'n sôn. Duw annwyl, sut
ydw i'n mynd i ddiodde'r peth ?

Ydw, dw i'n teimlo'n eitha, am wn i. Be ? Na, does
genna i ddim cydwybod euog. Pam wyt ti'n gofyn ?
'Nes i rioed gam â dafad ; ydw i wedi deud wrthat ti, dw
i'n ffond o ddefed, wastad wedi bod. 'Nes i rioed gam â

dafad, beth bynnag . . . Na, fues i rioed yn rhw hapus
iawn . . . Wn i ddim yn iawn be'di hapusrwydd . . . Ŵyr
rhywun ? Rhwbeth i fynd drwyddow ore gallwn i ydi
bywyd wedi bod i mi, rhw obeithio bob dydd y bydde
tranweth yn well. Rhw gripian i fyny'r llechwedd a
llithro'n ôl i'r gwulod ac ail gychwyn. Nid peth fel'na
ydi byw ?

Wyt ti'n siŵr na weli di moni ? Ydw, debyg iawn mod
i'n i gweld hi. Ma hi'n edrych arna i rwan fel sbur, i dau
gorn yn cyrlio am i phen hi fel dwy neidar. Ma hi'n
bygddu fel canol nos, ac mi frefith mewn munud, ac mi â
inne'n sâl swp wrth i chlŵed hi.

Alla i ddim dallt pam na welwch chi moni. Ond ran
hynny, dydw i'n dallt fowr ddim byd erbyn hyn. Ond un
peth. Cha i ddim gwared ohoni hi byth. Ac ma byth yn
amser go hir. Yn dydi ?

1964

Y POLYN

Ar noson olau leuad fe all rhywun garu polyn telegraff. Yn enwedig un newydd, yn codi'n briodasol o gerrig y clawdd, ynghanol rhes o hen bolynebau pygddu.

'Bedi ystyr polyn telegraff ?' meddai Wil, gan lygadu hwn ar hyd ei daldra cannaid. 'Mi ddweda i wrthot ti. Organ.'

Fe wasgodd ei glust ar y coedyn a chau'i lygaid. Roeddwn innau'n gwrando ar y cord yn y pren a'r lleuad wyntog yn ffliwtio yn y gwifrau pan ddywedodd Wil wedyn,

'Mae dynion yn wirion iawn yn poeni am bres a brechdan. Dydy hwn ddim yn llafurio nac yn nyddu, ac eto mae o'n medru canu fel ffydd.'

'Mi bydrith,' meddwn innau.

Fe agorodd Wil ei lygaid a'u llenwi â'r deml wen fain.

'Rydw i'n offeiriad rwan,' llafarganodd. 'Roedd arna i isio bod yn offeiriad erioed. Pam, meddet ti, sy'n un o rai dwl y byd 'ma ? Mi ddweda iti pam. Er mwyn cael methu mewn job amhosib. Dyna iti'r unig fethiant â sglein arno. Yr unig fethiant, a dweud y gwir, sy'n werth canu awdl neu bryddest amdano.'

'Fedri di ddim ista mewn coron na gwisgo cadar am dy ben,' meddwn innau.

Ond roedd Wil wedi llyncu'r syniad offeiriad 'ma.

'Trio dehongli'r meddwl nad ydy o ddim yn feddwl,' sisialodd wrth y polyn. 'Pregethu'r gwir nad ydy o ddim yn debyg i ddim sy'n wir.'

'Ty'd adra, mae hi bron yn Ddolig,' meddwn i, sy'n un o rai dwl y byd.

'Ia,' meddai'r offeiriad, 'bod yn ddafnau i'r glaw ac yn belydrau i'r haul ac yn enedigaeth wyrthiol i'r anesgor. Dyna iti air barddonol gwerth chweil. Pe bawn i'n gwybod beth sy'n byw y tu mewn i'r twr canu 'ma mi fedrwn i ddeffro'r byd.'

Doeddwn i ddim am i Wil gael y polyn hardd i gyd iddo'i hun, ac felly mi eisteddais â 'nghoesau o boptu iddo ac edrych i fyny ar ei hyd. Roedd y foment yn un ffodus, oherwydd rwan roedd y lleuad yn slap ar ei ben o.

' Efo'r ebill yma,' meddwn i, ' rydw i'n tyllu reit i mewn i'r goleuni.'

' Paid â'i ddiffodd o ! ' meddai Wil yn gas. ' Mae 'na ddynion fel ti sy'n mynd o gwmpas yn chwara hefo switsus y byd ac yn i ddiffodd o fesul stafell. Rydach chi'n hel twllwch fel mae Bryn bach Hyfrydle'n hel stamps. Ac mae creaduriaid fel fi'n gorfod sgrialu ar ych sodla chi i roi'r gola'n ôl.'

Ond roedd o'n peidio â bod yn offeiriad rwan ac yn troi'n fardd.

' Oes,' meddai.

' Oes be ? '

' *Mae* urddas a gwiwdeb a hunan-barch diledryw mewn polion telegraff.'

' T. H. Parry-Williams,' meddwn i'n wybodus.

Fe dagwyd y drafodaeth yma yn y bru, oherwydd 'nawr fe gafodd Wil yr argyhoeddiad.

' Jos,' meddai, a'r lleuad yn cronni yn ei lygaid o. ' Mae'n rhaid inni symud y polyn diledryw 'ma.'

' I ble ? '

' I ben y Foel, ble arall ? Gest ti'r teimlad rywdro fod un peth mewn bywyd na fedret ti ddim byw heb i neud o ? Rhywbeth oedd yn gneud iti chwysu a chochi dim ond wrth feddwl amdano ? '

' Olwen bach Tŷ'r Ysgol erstalwm.'

' Rhywbeth, 'y ngwas clyfar i, chwalodd y pentwr rhagfarna lapiwyd amdanat ti efo dillad dy grud, a rhoi pentwr newydd sbon iti yn i lle nhw ? '

' Dim ond lleuad borffor—'

' Y rhywbeth hwnnw i mi, Josi, ydy'r polyn annwyl 'ma. Hwn i mi ydy'r datguddiad, y crac yn y plisgyn, y tro yn y llwybyr, y catharsis andwyol achubol. Duwcs, on'd ydw i'n dda heno ? Heno, mi wn i beth ydy byw.'

' Un foment lachar, pan yw clai—'

' Ond.' Penliniodd Wil o flaen y polyn. ' Dydy datguddiad yn dda i ddim, Jos bach, heb dafod, a thraed, a dwylo. Os deall, dweud. Os gwybod, gneud.'

Roedd hi'n amlwg bellach fod Wil yn fwriad pur.
Roedd o'n siarad yn newydd, yn edrych yn newydd, yn
newydd o'i ben i'w draed. Y foment honno mi allswn ei
ddilyn i ben draw'r byd, a thros yr ymyl. Fo oedd *mein
Führer*. Mi welais ei got olew fudur a'i drywsus baw ieir
ym mhandy'r lleuad, wedi'u gweddnewid yn y golau
bendithiol sy'n llai na golau, ac yn well. Roedd Wil yn
mynd i wneud. Ond gwneud beth ?

'Rydw i newydd ddweud wrthot ti, lindysyn. Symud y
polyn 'ma i ben y Foel.'

'Pam ?'

Fe drodd Wil arna i, a chydio yn llabedi 'nghot i, a
f'ysgwyd i'n filain.

'Gair budur ydy "Pam",' meddai. 'Wyt ti'n deall ?
Paid byth â'i ofyn o eto.'

Roedd Wil yn iawn. Roedd Wil bob amser yn iawn.
Fe aethon ni ati i drefnu'r cynllun.

*   *   *

Bore trannoeth fe safodd Wil a minnau, Jos, wrth y
polyn, pob un a'i bâl. Roedd y polyn yn llai ac yn
llwytach yng ngolau'r haul, a'r wlad yn cronni'n wyrdd
o'i gwmpas. Ond roedd gan Wil ddigon o ffydd i ddau.
Doedd ei gariad o at y polyn wedi gwyro dim.

Erbyn un ar ddeg roedd y twll o gwmpas troed y polyn
yn llathen giwb. Fe ddisgynnodd Harri Postman oddi
ar ei feic i fusnesa.

'Wedi cael job newydd, hogia ?'

'Do,' meddai Wil. 'Wyt ti'n ddringwr go dda ?'

'Y gora yn y cylchoedd 'ma,' chwythodd Harri.

'Paid â deud clwydda'r llyfwr stamps diawl.' Palodd
Wil yn ffyrnicach.

Fe edrychodd Postman yn gas.

'Gwranda, Wil Goch. Roeddwn i'n dringo polion
telegraff cyn i ti fedru dringo o dy bram. Ac mi faswn
wrthi heddiw oni bai i'r doctor oel babis 'na ddeud bod 'y
nghalon i'n giami a bod rhaid imi gadw 'nhraed yn nes i'r
ddaear.' Edrychodd Harri'n hiraethus tua'r gwifrau

uwchben. 'Fanna mae 'nghalon i o hyd,' meddai'n drwchus. 'Rydw i wedi gosod mwy o botia ar bolion nag wyt ti wedi fyta o bys.'

'Fedri di mo'i neud o heddiw,' meddai Wil i'r twll dan ei draed. 'Mae dy ben di wedi sgafnu. Mi gaet ffit.'

'Oes arnat ti isio imi ddangos iti?' cyfarthodd Harri'n fflamgoch.

Estynnodd Wil bâr o bleiars mawr iddo.

'Mae isio torri'r weiars. Mae'r polyn 'ma'n mynd.'

Safodd llaw Postman o fewn trwch blewyn i'r pleiars.

'Iwnion,' meddai.

'Mi ofala i am yr Iwnion,' meddai Wil.

'Reit.' Poerodd Postman ar ei ddwylo, cipio'r pleiars, ac i fyny pigau'r polyn â fo fel cath wiwer. Fe ganodd clipian y gwifrau yn fy nghlust i, ac mi syllais arnyn nhw'n ei swanlecio hi ar yr awel i lawr i'r borfa.

Pan oedd Harri ar ben y polyn fe safodd car newydd Huws y syrfeor gyferbyn â ni. Fe ddaeth allan o'r car, rhoi clep neis ar y drws, tynnu sigâr fechan fain o'i chwdyn seloffen, a'i thanio.

'Chlywais i ddim byd am hyn, Wiliam.'

'Naddo, Mistar Huws. Fasach chi'n meindio rhoi'ch barn imi ar y twll 'ma, plis? Rydach chi'n awdurdod ar dylla.'

'At wans.'

Camodd Huws at ymyl y twll, penlinio ar ei hances poced, a dal dwy-droedfedd rhwng ei fys a'i fawd yn erbyn y pridd.

'Y twll yn eitha, *fel* twll,' meddai. 'Ond disgyn i mewn neith yr ochr yma os na rowch chi bolyn neu ddau yn i herbyn hi.'

'Sut bolion, Mistar Huws? Mae'r job yn newydd i ni.'

'O, mi ddangosa ichi.'

Fe ddiflannodd y syrfeor, a dod yn ei ôl yn chwap â dau bolyn ffres.

'O glawdd Twm Ifans,' meddai. 'Dim ond ichi fynd â nhw'n ôl cyn gynted ag y byddwch chi wedi gorffen, ffeindith o ddim. Mae o'n hen gena digon croes, p'un bynnag, mae'n iawn inni neud iws ohono pan fedrwn ni.'

Fe osodwyd y polion yn erbyn y talcen pridd. Doedd Huws na Harri Postman ddim ar frys. Fe safodd y ddau i'n gwylio, Harri i fudr-helpu, Huws i gynghori ac i ryfeddu at benbylni'r Swyddfa Bost yn mynnu symud polyn da newydd ei osod yno.

Pan ddechreuodd y polyn wegian fe stopiodd beic modur Griffiths y Plisman yn y ffordd. Cyn gynted ag y gwelodd Wil y corff hirlas yn sgriwio ar y beic i syllu arnon ni, fe drawodd ei ysgwydd yn erbyn y polyn a gweiddi dros y wlad,

'Help ! Mae o'n disgyn arna i ! '

Llamodd yr hirlas oddi ar ei feic a chythru i'r polyn â'i ddwy law.

'Diolch, offisar ! ' llefodd Wil. 'Diolch ych bod chi yma. Oni bai amdanoch chi, Duw a ŵyr—'

'Popeth yn iawn, 'machgan i,' meddai'r hirlas, er bod Wil rai blynyddoedd yn hŷn nag o. 'Mi fyddwn yn gneud llai na 'nyletswydd wrth sefyll o'r neilltu ac edrach arnoch chi'n torri pont ych ysgwydd.'

Twm Ifans hefyd a ddaeth ar y foment honno, ei wyneb yn wrymiau cochion gan gasineb at y ddynol ryw.

'Bedi'r twrw gythral 'ma, y tacla te-ddeg ? Newydd fod yma'r ydach chi'n gosod y peth niwsans 'na— ! '

Fe dawodd pan welodd o'r hirlas.

'Rho help, Twm Ifas,' meddai Wil. 'Symud hwn oddi ar dy ffordd di'r ydan ni.'

'Os felly . . .' grwgnachodd Twm, ei wyneb eisoes yn llai coch a gwrymiog, ' os ca i fadal â'r weiars felltith 'ma o 'nghae . . .'

Fe ddododd yntau'i ysgwydd dan y baich.

Yr unig ddau arall a stopiodd ar y ffordd y bore hwnnw oedd dau Sais mewn *Jag* yn mynd i flaen y cwm i bysgota. Wrth dybio bod rhywun wedi'i anafu, rhag bod yn llai na Saeson fe ddaethon allan i gynnig help. Fe ofalodd Wil ei dderbyn.

Pan oedd y polyn yn gorwedd yn olygus ar hyd bôn y clawdd, a'r gwifrau preiffion wedi'u tynnu o gae Twm Ifans a'u datod, fe drodd Wil i annerch ei gynulleidfa

fechan. Roedd dagrau'n llifo i lawr ei ruddiau. Mi
wyddwn i fod ei gariad at y polyn yn ei lethu o.

'Gyfeillion,' meddai'n daglyd, 'ydach chi wedi
meddwl rywdro bèth mor onest ydy darn o bren ?
Edrychwch ar hwn. Hyd yn oed yn i baent a'i biga fedar o
fod yn ddim ond y fo'i hun. Yr unig beth fedar i newid o
ydy'n dychymyg ni. Be newch chi ohono fo ? Y peth
sy 'ngholl yn ych bywyd chi, gnewch o'n hynny. Y fo,
Harri Postman, ydy'r job gollist ti, nad ydy dy fywyd di
ddim yr un fath hebddi. Y fo, Huws, ydy'r wraig roeddach
chi'n meddwl ych bod chi'n i phriodi. Y fo, Gryffis,
ydy'r streipia sarsiant sy wedi'ch osgoi chi bob tro er pan
ddaethoch chi i'r ardal 'ma. Y fo, Twm Ifas, ydy'r fam
ffeind na chest ti moni. A fo, foneddigion y *Jag*, ydy'r
bywyd cefn gwlad di-frys a di-thrombosis yr ydach chi
wedi dianc i'r mynyddoedd 'ma heddiw i chwilio amdano.
Ydy o ddim yn haeddu gwell lle na hwn ? Ydach chi
ddim yn cael ych cymell, bob un ohonoch chi, i *neud*
rhywbeth iddo fo ? '

Mae'n anodd egluro beth ddigwyddodd wedyn.
Mewn gwirionedd, dim. Efallai, petai'r hen sach yna o
gwmwl heb ei barcio'i hunan pygddu ar draws yr haul,
neu'r hen rasal fach honno o awel heb ein sgrytio ni, y
gallai Wil fod wedi . . .

Y cwbwl wn i ydy hyn : un funud, roedd pawb yn
gwrando ar Wil a'u llygaid a'u cegau led y pen : Harri
Postman, Huws Syrfeor, Griffiths Plisman, boneddigion y
Jag, hyd yn oed Twm Ifans . . . a minnau, bid siŵr. Pob
un ohonon ni'n dalp o barlys pêr, a breuddwydion yn
dygyfor yn y gwynt gwag lle bu'r polyn, a dim yn y byd
yn bod ond llais Wil . . . a llais Wil . . . a llais Wil . . .

Ond y peth nesa welwn i oedd Gryffis Plisman yn lled
droi'n araf amheus at Huws Syrfeor ac yn rhyw fwmial,

'Ydy hyn yn . . . wel, ydy o'n regiwlar, Huws ? '

'Regiwlar ? ' Huws yn sydyn grafu'i bocedi am ei
baced sigârs man. 'Wel, duwcs . . . mae'n debyg gin i . . .
Duwcs, tybad 'dwch ? '

Yr hirlas yn sbio ar y corpws polyn hyd fôn y clawdd ac
yn tynnu anadl ddofn swyddogol.

' Ella basa'n well inni . . . 'ffonio, Huws.'

' 'Ffonio, Gryffis ? '

' Yr othoritis. Y Post.'

' O . . . Ia. Y Post.'

Trwy gil fy llygaid mi welwn feic Harri Postman yn diflannu fel cysgod breuddwyd hcibio i'r tro coediog yn y lôn. A Harri arno, bid siŵr.

Yna, fe ffrwydrodd Twm Ifans.

' Mi wyddwn i ! ' meddai drwy'i weddillion dannedd gosod melyn. ' Mi wyddwn i fod 'na ryw hanci-panci diawl yn mynd ymlaen yma. Mi wyddwn na fedrach chi'r biwrocrats uffar ddim gneud ych meddylia i fyny ynglŷn â dim affliw o ddim byd. Ydy'r polyn felltith 'na i *fod* yma 'ta ydy o ddim ? Y ? Ydy'r hen weiars niwsans 'na'n mynd yn ôl i 'nghae gora fi eto ? Wel, atebwch fi'r nionod. Huws ? Gryffis ? '

' Mae'n debyg y bydd 'na encweiri,' meddai Gryffis.

' Encweiri ! Yr arglwydd mawr—'

' Rwan, Twm Ifas. Bad langwej ydy peth felna. Mi fedra i dy fwcio di am hynna ar y sbot.'

Fe darfodd hyn beth ar lid parod Twm Ifans. Ond fe chwyrnodd,

' Mi fedra i fwcio 'mholion fy hun, beth bynnag.'

Ac fe dynnodd ei ddau bolyn o'r twll nes dymchwel y talcen pridd a hanner llenwi'r affwys. I gwblhau'i brotest fe boerodd yn helaeth i weddill y twll, a mynd, a pholyn pigfain dan bob cesail, o olwg biwrocratiaeth.

Roedd y ddau Sais yno o hyd, yn rhythu mewn rhyfeddod oer ar yr egin chwyldro. Ond fuon nhw ddim yno'n hir. Fe drodd yr un â'r mwstás Llu Awyr at ei gyfaill difarf a datgan,

' *Damn funny business, this.*'

Wedi i'r ddau ymnythu yn y *Jag*, fe ymddangosodd y mwstás drwy'r ffenest am un cipolwg olaf.

' *Damn funny altogether.*'

Ac i ffwrdd â'r *Jag*, a blaenau'r genweiriau parod-at-waith yn chwifio drwy'r ffenestri agored.

Yr oedd yn aros Gryffis Plisman yn gwlychu blaen ei

bensil, Huws Syrfeor yn gwlychu blaen ei sigâr yn ang-
hymedrol, finnau'n gwlychu ta waeth beth, a Wil.

Fe fu'r llys yn drugarog. Dyna, beth bynnag, siarad yr
ardal. Dwybunt yr un gafodd Wil a minnau, a'r costau,
a gorchymyn i Wil weld arbenigwr i chwilio'i ben. Fe
ddyfarnodd y dyn gwybodus *fod* yna ryw dwts o sgitso-
ffrenia neu baranoia neu fegalomania neu un o'r geiriau
hirion sy'n tawelu meddwl gwareiddiad.

Does dim rhaid dweud bod y polyn yn ôl yn ei le,
wedi'i drwsio'n briodol, a'r gwifrau unwaith eto wedi'u
gwreiddio yn naear Twm Ifans, er dirfawr gynnydd yn ei
eirfa.

Ond ar ambell noson, pan fo'r nen yn glir a'r lleuad
oddeutu'r llawn, fe aiff Wil a minnau i roi moethau i'r
polyn. Mi eistedda innau â 'nghoesau o boptu i'w fôn a
sbio i fyny ar hyd ei daldra cannaid nes bod y lleuad yn
slap ar ei ben a theimlo 'mod i wedi priodi'r goleuni. Ac
fe ddechreuith Wil freuddwydio. Ac fe fydd ei lais o
unwaith eto'n fy nhroi i'n dalp o barlys pêr.

Wedi'r cyfan, un bore gwyn fe fu agos iddo ddarbwyllo'i
gyd-ddynion i osod polyn telegraff lle nad ordeiniodd
gwareiddiad i bolyn telegraff fod. A phetae o wedi
llwyddo, hwyrach y byddai Gryffis yn hapusach dyn, a
Huws yn gadarnach, a Harri Postman yn iachach, a Twm
Ifans yn ffeindiach, a boneddigion y *Jag* wedi derbyn y
rhyfeddod fel y gall Saeson dderbyn rhyfeddodau pan
fydd rhaid.

Ond breuddwydio ydy peth fel hyn, medden nhw. A
pham lai ? Chwedl Wil un noson, a'i bwysau ar y polyn a
wrthodwyd gan ddynion,

' Wyt ti'n gweld, Josi, fe all rhyw sinach o fiwrocrat yn
trechu ni, ac fe all rhyw syrcas ddwy-a-dima o lys barn
wagio'n pocedi ni. Ond diolch i Grëwr Mawr y coedyn
'ma pan oedd o'n beth byw, allan nhw ddim prynu'n
breuddwydion ni.'

1967

' *One time big time star* . . .'

Does dim amheuaeth am y peth. Mae o'n medru canu. Mae oraclau cegog byd pop wedi bod yn dweud hynny ers dwy flynedd. Rhaid i minnau gytuno rwan. Ers dwy flynedd mae'r llais triog-melys wedi gyrru miloedd o ferched i lewyg, wedi jamio strydoedd a stesiynau a meysydd glanio, pob man lle roedd o'n dangos ei wyneb del a'i fwng du cyrliog. Ond welais i ddim byd yn ei ganeuon llwyddiannus o nes iddo recordio'r garol yma.

' *One time big time star* . . .'

Mae yntau, fel llawer o'r popgantorion, wedi'i gweld hi. Wedi corddi perfeddion y glaslancesi am flwyddyn a dwy, carol fach swît i gysuro'u mamau nhw, i leddfu'r esgobion, i sancteiddio'r imej. Ydi, mae yntau, Marty Jones, wedi'i gweld hi.

'. . . *that shone over Be-e-eth-li-hem* . . .'

Y trydydd tro imi'i glywed o ar y radio heddiw. Pob D-J yn gwthio'i garol newydd o fel petaen nhw'n cael ffortiwn am wneud. Efallai'u bod nhw hefyd. Yn sicir, mae o'n gwneud ffortiwn wrth ei chanu hi. Mi werthith y record yma eto filiwn, meddan nhw. Disg aur arall i Marty Jones.

' *Twinklin' on a lu-vly ba-by boeh* . . .'

Acen Americanaidd y gellid ei thorri hefo cyllell. Faint o amser gymerodd hi iddo'i meistroli hi, tybed ? Roedd hi ganddo yr ha diwetha pan ddaeth o i'r pentre 'ma yn ei *Rolls-Royce* hefo'i fanijar. I weld ei dad a'i fam. Yr hen greaduriaid gwerinol. Mae 'na sôn mai go anystwyth oedd y sgwrs rhyngddo fo a'i dad. Fedar yr hen ddyn fawr o Saesneg, ac roedd yr hogyn wedi anghofio'i Gymraeg. Mewn dwy flynedd.

Wrth gwrs, mae'r hen bobol wedi gwella'u byd. Mi fuo'r ddau ar y Rifiera am dair wythnos y llynedd. Maen nhw wedi symud o 12, Railway Terrace i Mount Hall, ac mae ganddyn nhw forwyn a garddwr. Does neb yn gwarafun eu llwyddiant iddyn nhw. Mi welson amser

digon caled yn eu dydd. Ond mae gen i ryw syniad nad
ydyn nhw ddim yn rhy hapus ynglŷn â'r Marty Jones 'ma.

Mi ddwedodd yr hen wraig wrth Sara Ifans Post,

' Wyddoch chi be, Sara Ifas ? Rydw i fel taswn i'n
clywad yn 'y nghlustia y munud yma yr hen Huws
Gweinidog yn deud uwchben y ddesgil fedydd, "Yr wyf yn
dy fedyddio di, Gerallt Arthur Lewis . . ." Ond dyna fo,
mae'n siŵr fod enw felna'n ormod o lond ceg i'r Saeson
a'r Mericians.'

Ond mi wn i sicrwydd mai ' Gerallt ' fydd William a
Lisi Lewis yn ei ddweud o hyd, nid ' Marty'.

Gerallt fydd o i minnau hefyd. Beth arall all o fod, a
ninnau wedi bod ar goll efo'n gilydd drwy'r nos ar y
twyni, yn ddim ond chwech oed, a'r wlad wedi codi i
chwilio amdanon ni a Mair Defis Bwtsiar yn ein ffeindio ni
wedi cysgu yn y moresg a breichiau'r naill am y llall i
gadw'n gilydd yn gynnes ?

A'r tro hwnnw wedyn y danfonodd ei dad o i'w wely
heb swper am luchio bricsen drwy dŷ gwydr y Ficar, a
finnau'n peryglu 'mywyd wrth ddringo i fyny at ei ffenest o
hefo bagiad o grisps.

Heb sôn am y troeon y buon ni yn y dre ar nos Sadwrn
ar drywydd genod. Roedden ni'n dau wedi gosod ein
ffansi ar Glenda. Mi ddaru ni gwffio unwaith ar ei
chownt hi. Piti am hynny. Fi cafodd hi yn y diwedd, a
dydw i ddim yn credu iddo faddau'n iawn imi byth.
Efallai'i fod o wedi anghofio erbyn hyn, ac yntau'n cael ei
wala a'i weddill o bishis dela'r byd. Ydi Glenda wedi
difaru, tybed ?

Mi fydda i'n ei threio hi weithiau :

' Meddylia, hogan : mi allet ti fod yn wraig i Marty
Jones ac nid yn sgifi i glarc bach mewn banc.'

' Paid â rwdlan, y clown ! ' fydd ei hateb hi.

Ond pwy ŵyr feddwl merch ?

' *When silver angels sang on high* . . .'

Mae gynno fo andros o fand yn gefn iddo ar y record
'na. *Good backing*, fel y byddan nhw'n deud. Tybed ydi
o'n cofio'r ddwy gitâr brynon ni yn siop Rees yn y dre ?
Fan honno y dechreuodd y cwbwl. Cyfarfod gyda'r nos,

weithiau yn Railway Terrace, weithiau yn tŷ ni, i strymian a rwdlan. A'r gân honno wnaethon ni : 'Cofia fi'. Ac un neu ddwy arall. Mynd i ambell noson lawen, y tshiars yn tyfu bob tro, y sôn yn mynd ar led . . .

Wedyn mi ddaeth y gystadleuaeth dalent deledu honno. Roedden ni'n dau i fynd i Fryste. Ond mi fuo rhaid i mi gael y ffliw, on' do ? Wnes i ddim meddwl yr âi Gerallt hebddo i. Ond mynd wnaeth o. Y peth nesa wyddwn i oedd fod cwmni recordio o Lundain wedi'i seinio fo i fyny fel solo. Ychydig welais i arno fo ar ôl hynny.

O wel. Rydw i'n trio peidio â meddwl gormod am y peth. Mae Glenda'n deud 'mod i'n chwerwi. Does dim angen imi, wir. Wedi'r cwbwl, fi gafodd Glenda. Mae Marty Jones yn gwneud ei filoedd heno yn canu am ' lovely baby boy.' Ond mae gen i un. Ac mewn munud mi fydda i'n mynd i fyny hefo Glenda i lenwi'i hosan o. Ac mi fydd fy Nadolig i'n dawel, beth bynnag.

' One time big time star . . .'

1968

MARWYDOS

(Ysgerbwd Nofel)

Roedd o'n athrylith unwaith.

A sut, meddech chi, y gallodd dyn stopio bod yn athrylith ? Esboniad Owain Box Humphrys arno'i hun, yn syml iawn, ydy hwn : fod stormydd bywyd wedi bombardio celloedd creadigol ei ymennydd yn shwtrws.

Ond welodd Owain Box Humphrys ddim stormydd, meddai'r rhai sy'n ei nabod o. Gwir ei fod o'n dueddol i iselder ysbryd ac yn chwannog ar byliau i ymgladdu yn ei wely o olwg y byd drwg presennol, ond roedd ei dad a'i daid o'i flaen yn gwneud hynny, a doedden nhw ddim yn athrylithoedd. Stormydd ? Naddo. Welodd o ddim ond mân anhwylderau plentyndod a'r ambell biff a hergwd sy'n rhan anochel i bawb.

Pan awgrymir hyn i Owain Box Humphrys ei hunan—gan gyfeillion sy'n ddigon hy arno—fe fydd yn syllu'n brùddaidd drwy'r ffenest tua'r cannoedd carafanau a chwydwyd dros y morfa ac yn mwmial yn anhyderus :

' Mae 'na stormydd a stormydd. Allan yn y gofod, medden nhw, does dim mellt a tharanau, dim llifogydd na lluwchfeydd. Dim ond pelydredd cosmig, a rhywbeth y maen nhw'n i alw'n "wyntoedd yr haul". Mae'r rheini'n anweledig, yn anghlywadwy, ac yn lladd.'

Ac fel y gŵyr ei gyfeillion yn dda, heol ddall ydy honna, na ellir mo'i thramwy ymhellach.

*   *   *

Cyn dechrau o ddifri, rhaid wrth nodiadau bywgraffyddol ar ein prif gymeriad. Wele.

Ganwyd Owen Humphrys ym 1903, yn unig blentyn i Joseph Humphrys (*Gents' Tailor and Outfitter*) a'i wraig Hannah Ellen. Gan fod ei dad yn gyfyrder (y ddwy nain yn ddwy chwaer) i'r miliwnydd Oswald Box fe roddwyd, yn obeithiol, y ' Box ' yn enw canol i'r baban. Ni welodd

Owen Yncl Box erioed, ac ni welodd ddimai o'i arian chwaith. (Un o'r stormydd cosmig).

Yr oedd Owen yn blentyn prydweddol, yn annaturiol dawel ac yn ufudd y tu hwnt i'r cyffredin. Gan fod ei dad yn un o ddeg a'i fam yn un o ddeuddeg yr oedd iddo liaws o ewythredd a modrybedd, pob un yn hirhoedlog ac eithrio un, Anne Maria, a fu farw o dwymyn nefol adeg y Diwygiad ac a ddwyfolwyd mewn ffotograff sepia ar bob piano o fewn y tylwyth. Arhosodd chwech o'r modrybedd yn ddibriod, ac o'r herwydd fe gafodd Owen chwe mam yn ogystal â'r un a roddodd sugn iddo. Am y modrybedd eraill, a'r ewythredd oll, fe briododd y cwbl ac, yn ffyddlon i natur y brid, epilio'n aruthr. Loes i lencyn encilgar fel Owen oedd fod ganddo'n agos i hanner cant o gefndryd a chyfnitherod. Ond mwy am y rhain eto.

Does neb a ŵyr pam y bu rhieni Owen mor anffrwyth-lon. Nid o ddiffyg ymegnïo, bid siŵr. Ond, yn ieithwedd y Gair, ar ôl ei eni ef fe gaewyd y groth. Esboniad un o'r modrybedd dotus ar hyn oedd fod dawn a thalent torllwyth cyfan wedi'u cynhoi yn Owen bach, ac na allai Rhagluniaeth o gydwybod ddwyfol roi dim mwy i'r aelwyd honno.

Fe gofnodwyd ei orchestion ar sgrôl aur y teulu. Yn siarad yn flwydd a hanner, yn darllen yn dair, yn sgrif-ennu'n bedair, yn cyfansoddi penillion cyn bod yn chwech. Yn saith oed fe enillodd yn eisteddfod y capel ar dynnu llun pensil o siop ei dad. Yn wyth, yr oedd wedi cyfansoddi tôn ar ' Beth sydd imi yn y byd ? ' A chyn ei ddegfed pen-blwydd fe ddarganfu'i fam ddrama yn ei ddrôr, wedi'i sgrifennu'n ddestlus yn ei lawysgrifen orau. At hyn oll, ysywaeth, yr oedd yn medru canu ac adrodd, ac fe'i llusgwyd yn ei siwt felfed i eisteddfod ar ôl eisteddfod gan ei brif fodryb Sarah Louisa nes i'r meddyg orchymyn nad oedd dychwelyd adre am dri a phedwar y bore ddwy neu dair noson yr wythnos yn dygymod â phlentyn mor ifanc a bod y pris yn ormod i'w dalu am ddau gant neu faint bynnag o gwpanau a tharianau a medalau a oedd yn byrstio cwpwrdd gwydr gorau London House. Fe dreuliodd Modryb Sarah Louisa y tair blynedd nesaf yn ei gwely dan y pruddglwyf teuluol.

Roedd y tad, Joseph Humphrys (*Gents' Tailor and Outfitter*), yn ddigon bodlon ar y casgliad cwpanau, tarianau a medalau, ond yn bur wrthwynebus i'r ymdrechion llenyddol ac arluniol. Doedd dim dyfodol yn y fath gampau. Y ddau borth i'r bywyd llwyddiannus oedd Saesneg a Syms. Roedd Saesneg Owen yn ddelfrydol ond ei Syms yn arswydus. Y ddau beth na fedrai mo'u gwneud am ffortiwn oedd *long division* a chicio pêl. Dyfarniad ei dad oedd y gellid byw heb bêl ond nad oedd gobaith mynd drwy fywyd heb fedru rhannu £2,789.19.11¾ â 37.

Doedd gan Mrs. Humphrys ddim llais yn y mater. Fe fyddai hi wedi bod yn gwbwl fodlon i Owen gael barddoni a chyfansoddi ac arlunio wrth ei bwysau hyd ei fedd. Ond mater i'r ' pwyllgor mawr ' oedd gyrfa Owen.

Bob Awst, pan fyddai Ewyrth Robert o Fanceinion (siopwr llwyddiannus) ac Ewyrth Hendri o Lundain (gweinidog) a Modryb Grace o Aberystwyth (mam i dyaid o raddedigion alltud) yn y fro ar eu gwyliau, fe gesglid Joseph Humphrys a'i frodyr a'i chwiorydd yn nhŷ Sarah Louisa noson ar ôl noson, i drafod materion y teulu'n gyffredinol a gyrfa Owen bach yn benodol. Hwn, yn ôl mam Owen, oedd y 'pwyllgor mawr'. A hwn a benderfynodd fod Owen i fod (a) yn ysgolor ; (b) yn weinidog yr efengyl ; (c) mor gyfoethog ag oedd yn gydnaws â (b).

Fe ellir deall atgasedd Owain Box weddill ei oes tuag at y ' pwyllgor mawr ' o gofio am y ffordd arw y gwnaed iddo'i cherdded : ar ben gwaith ysgol, cystadlu ar draethodau mewn eisteddfodau bach a mawr, sefyll arholiadau llafar ac ysgrifenedig ei gapel bob chwarter a'r arholiad sirol bob blwyddyn, a chanu ac adrodd yn fynych er pereiddio'i lais ar gyfer y pulpud. Cyn gynted ag y dechreuodd dyfu blew a holi ystyr bywyd fe syrthiodd mewn cariad â'i fam ac ymroi i chwilio am bob twll yn athroniaeth ac ymarweddiad ei dad.

Yn y fan yma fe dorrwn ar draws y nodiadau bywgraffyddol i gofnodi golygfa nid dibwys a fu, efallai, yn allweddol yn ei ffurfiant. Yr haf wedi'r Rhyfel Byd

Cyntaf oedd hi : haf gwlyb, cymylog, oedd yn llethu
ysbryd y llanc lawn cymaint â'r rhyfel a oedd wedi
corddi'i feddwl, er ei fod, wrth gwrs, yn rhy ifanc i listio
yn hwnnw.

*   *   *

   Sychodd Joseph Humphrys y saim o flaenau'i fwstash
â'i napcyn ac edrych ar y cloc. Cydiodd bysedd ei law
dde yn y giard aur drom a orweddai ar draws ei wasgod
tra bu'i fys a'i fawd chwith yn pysgota'r oriawr—aur
hithau—o'r boced. Cymharodd yr oriawr â'r cloc ;
agorodd gas allanol yr oriawr, ac yna'r cas mewnol, a
symudodd y bys mawr hanner munud ymlaen. Caeodd y
ddau gas, clic, clic, a mwytho'r oriawr yn ôl i'r boced.
Deng munud wedi wyth.
   ' Oedd ych swper chi'n iawn, Joseph ? ' gofynnodd ei
briod o ben arall y bwrdd, braidd yn bryderus.
   ' M ? Swper ? O, oedd. Purion, am wn i. Ble mae
Owen ? '
   ' Yn y llofft, dw i'n credu.'
   ' Yn gneud be, Hannah Ellen ? '
   ' Darllen, mae'n siŵr.'
   ' Hmm.'
Cododd Joseph Humphrys, a cherddodd yn bwyllog tua
throed y grisiau.
   ' Owen ! '
   ' Ie ? ' Y llais ifanc ymhell fry yn rhywle.
   ' Ty'd i lawr.'
   ' I be ? '
   ' Mi gei di wybod i be. Mewn dau funud ! '
   Yn sicir o'i awdurdod, cerddodd Joseph Humphrys yn
ôl at y llygedyn tân mis Awst. A disgwyl. Dyma sŵn
traed ysgafn yn dod i lawr o'r llofft, a phen crych tywyll
yn ymddangos rhwng y llenni melfed.
   ' Roedd arnoch chi f'isio i ? '
   ' Oedd.'
Cyfarfu llygaid y ddau. Nid ofn oedd yn gwneud wyneb
pymthengmlwydd Owen mor wyn, ond diffyg haul a

llawer o ddarllen. Yn ei lygaid yr oedd rhyw dân tywyll
a allai fod yn beryglus, ond ni sylwodd ei dad ddim arno.

' Rydw i am iti ddwad efo fi, Owen, i dŷ dy Fodryb
Sarah Louisa.'

' I be ? '

' Na feindia i be. Mae'n ddigon i ti mod i'n deud.'

' Mae gen i waith sgwennu.'

' Sgwennu ? Sgwennu be ? Dydi hi ddim yn amser
ysgol. Traethawd sy gen ti ? '

' Nage.' Heriol. ' Barddoni rydw i.'

' Wel, mi gei farddoni o flaen D'Ewyrth Robet. Mae
gynno fo gwestiwn neu ddau i ofyn iti.'

Edrychodd Owen ar ei fam, ond osgoi'i lygaid a wnaeth
hi, a chodi.

' Mi estynna i dy gôt law di, rhag ofn iddi daflu cawod.
Gobeithio na fyddwch chi ddim yn hwyr. Mae'r dydd yn
byrhau ac mae'n oeri at y nos.'

' Mi fyddwn gartre mewn amser parchus, Hannah
Ellen.'

Heb air o'i ben, fe gerddodd Owen wrth ochor ei dad i
fyny unig stryd y pentre. Roedd criw o fechgyn yn
mrengian ar wal y sgwâr, rhai ohonyn nhw'n gyd-
ddisgyblion ag o yn yr ysgol, y lleill wedi dechrau ennill
yn y chwarel gerrig neu ar y ffermydd. Fe deimlodd eu
llygaid gwawdlyd arno a chlywodd y geiriau ' Babi Mami '
a rhyw grafu chwerthin. Cerddodd ei gywilydd drosto ac
fe wyddai fod ei wyneb yn bopty coch. Cywilydd heb
achos cywilyddio. Beth oedd yr ots am y llafnau didoriad
draw ? Roedden nhw islaw ei sylw fo, Owen Box
Humphrys. Ychydig flynyddoedd eto, ac fe fydden yn
ymffrostio eu bod yn gydnabod iddo. Bid siŵr, fe fyddai'n
dda ganddo allu mwynhau'u cwmni fin nos fel hyn ar
sgwâr y pentre, ond fe fyddai'r siarad cwrs, gwacsaw yn
ormod o dreth. Nid llinynnau ffedog ei fam oedd yn ei
gadw oddi wrthyn nhw, ond eu gwacter arswydus nhw'u
hunain. Roedden nhw'n camddeall, ac roedd hynny'n
brifo.

Ond doedd ei dad yn cymryd dim sylw o grechwen y

llanciau. Roedd o'n rhy ddwfn yn ei fyfyrdod draperaidd ei hun.

Yn nhŷ Modryb Sarah Louisa roedd ' y pwyllgor ' eisoes yn ei le. Yn y gadair fawr yn y gornel, yn briodol farfog ac wedi'i fframio mewn ornaments, eisteddai'r hynaf o'r teulu, Ewyrth Robert o Fanceinion (y siopwr llwyddiannus). Ar y gadair nesaf ato—cadair fenywaidd neis wedi'i gorchuddio â lês gwyn—Modryb Grace (mam tyaid o raddedigion). Yn sefyll a'i gefn at y tân, yn paratoi pibell enfawr ar gyfer smôc y flwyddyn, y Parchedig Ewyrth Hendri o Lundain. Ac yna, yn gylch o gwmpas gweddill y parlwr a oedd yn debyg iawn i deml Hindŵaidd gan amled ei ddelwau pres a tsieni a jing-a-lings, gosodwyd pump o ewythredd a modrybedd eraill yn eu graddau. Roedd yr hynaf o'r cwbwl, sef Modryb Sarah Louisa, a'r ieuangaf, sef Modryb Gwenfron, yn y pantri yn darparu lluniaeth ysgafn i olchi'r eisteddiad i lawr.

Wedi rownd neu ddwy o glecs teuluol, bu, yn sydyn, dawelwch mawr. Roedd yr Owen ifanc yn eistedd ar stôl yr harmoniam, heb na chefn i'w gynnal na braich i bwyso arni. Yng nghanol y tawelwch bygythiol fe welai sbectol ffrâm-euraid Ewyrth Robert a'i farf hirsgwar frith. Dim arall. Agorodd twll yn y farf.

' Wel, Owen, 'y machgen i. Sut mae dy *studies* di'n mynd yn yr ysgol ? '

' Yn . . . yn o lew . . . diolch.'

' Felly. Rydw i'n deall dy fod ti'n ddarllenwr mawr.'

' Rydw i . . . yn licio darllen, ydw.'

' Da ydi hynny. Ond mi wyddost, mae'n debyg, am yr adnod : "Darllen llawer sydd flinder i'r cnawd." Dyna pam yr yden ni'n awyddus iti gael newid rwan ac yn y man. Mi rois i wahoddiad iti ddwad i Fanchester acw am ychydig ddyddie. Ddoist ti ddim.'

Fe gafodd Owen deimlad annifyr fod y llwyth oratorios a chantatas yn dod yn fyw yn y stôl odano ac y bydden nhw ymhen dau funud yn ymchwyddo'n gresendo ac yn ei fwrw ar draws y stafell ar liniau Ewyrth Robert i dderbyn cosfa.

' A ddoist ti ddim i Aberystwyth aton ninne,' ebe Modryb Grace yn ddugesaidd.

' Nac i Lunden aton ninne,' ebe Ewyrth Hendri drwy'i golofn fwg.

' Does gen ti ddim byd yn erbyn dy deulu, gobeithio ? ' ebe'r barnwr brith eto o'i gornel.

Edrychodd Owen ar ei Ewyrth Robert, yna ar ei dad, ac wedyn ar y naill ewyrth a modryb ar ôl y llall : colofnau o frethyn a melfed a sidan du ac wynebau wedi'u gwnio arnyn nhw, fel polion totem yn y gwyll. Mae cwningen ddychrynedig yn helfa diwedd cynhaeaf, wedi'i ffwndro gan ffaglau a chyfarth a bloeddio, yn rhuthro am yr unig loches sy'n aros iddi : y rhwyd.

Yn ei wely y noson honno fe wynebodd Owen farnwr arall. Ei anrhydedd ifanc ef ei hun.

' Fe'th gafwyd di, Owen Box Humphrys, yn euog o lyfrdra, ac am hyn yr wyf yn dy gondemnio di i fethu dweud "Na" am weddill dy oes.'

Yr wythnos ddilynol roedd ei fam yn pacio'i fag i fynd am ychydig ddyddiau i Fanceinion. Trwm oedd y bag, canys ynddo yr oedd ego clwyfus trist.

* * *

Yma, rhaid oedi ennyd i seicolegu.

Fe drodd llyfrdra Owen yn grefydd. Roedd ei fethiant i wrthsefyll ei dylwyth, ar ben ei fethiant cyson i wrthsefyll bechgyn cryfach ar iard yr ysgol fach a chae chware'r ysgol fawr, yn arwydd sicr ei fod wedi'i alw i fod yn un o'r rhai addfwyn sy'n etifeddu'r ddaear mewn ffordd gyfrwysach. Fe drôi ei ddoluriau'n weddïau a'i gleisiau'n bregethau. Gan na allai sefyll ar ei draed ei hun fe bwysai ar y breichiau tragwyddol. Uchelgais glân oedd uchelgais y pulpud : awdurdod heb euogrwydd ; gallu heb gywilydd.

Nid felly, wrth gwrs, yr oedd Owen yn ymresymu. Roedd ei hunan-dwyll yn rhy ifanc eto i fod yn rhagrith.

Wrth benderfynu mynd i'r weinidogaeth roedd o'n

ildio i ddyhead ei dylwyth. Ond damweiniol oedd hynny.
Roedd Owen yn sicr—yn sicr iawn—mai'i ddewis ef ei
hunan, neu'n well fyth, mai dewis Rhagluniaeth, oedd
hwn.

Ni adawyd iddo anghofio am ddiwrnod ddisgleirdeb ei
lu cefndryd. Y bancwyr a'r siopwyr a'r ffermwyr llew-
yrchus, yr athrawon graddedig, y gweision sifil addawol—
yn Lloegr bron bob un. Iddo fo, rhodd ei dylwyth i'r
Goruchaf, y rhoed y dasg o ddringo ysgol Jacob cyn
gyflymed ag yr oedd y lleill yn crafangu i fyny sgaffaldiau'r
byd. Roedd ei Barchedig Ewyrth Hendri wedi dangos y
ffordd ; roedd pen uchaf ysgol Jacob hefyd yn Llundain.

Felly, fe fwriwyd Owen i'r gystadleuaeth dylwythol,
ond mewn maes ar wahân. Bu'r arwahanrwydd yn falm
i'w enaid ifanc chwyddedig.

*   *   *

Ond rhagom â'r hanes.

Y ffrwydrad melys cyntaf yn ei fywyd oedd y coleg.
A'r maglau wedi'u torri, a'i draed yn gwbwl rydd, heb
ddim i'w atgoffa am gartref ond y dillad glân wythnosol
oddi wrth ei fam a hanner sofren ei dad, fe aeth Owen
Box mor wyllt ag yr oedd yn weddus i bregethwr ifanc
fynd. (Yn wylltach, fe ddywedai rhai, ond mater o
ragfarn yw hynny).

Pedwar peth o bwys a ddarfu i Owen Box yn y coleg.

Yn gynta : wedi dwy flynedd o flysio o hirbell a methu
magu plwc i dorri'r garw, cael cariad.

Yn ail : ymuno â'r Clwb Llafur.

Yn drydydd : dechrau barddoni'n llifeiriol.

Yn bedwerydd : newid yr Owen yn ei enw'n Owain.

Doedd dim un o'r pedwar datblygiad uchod wrth fodd
ei dad. I Joseph Humphrys ni ellid mab mwy afradlon
na bardd sosialaidd o'r enw Owain a hwnnw mewn
cariad. Roedd y peth yn arswydus y tu hwnt i eiriau.

Doedd barn ei fam ar y mater hwn, fwy nag ar unrhyw
fater arall, yn cyfri dim. Ond yn nirgelwch ei stafell fe
ddechreuodd hithau ddarllen barddoniaeth ac ym-

agweddu'n garuaidd at sosialaeth a chlywed yr enw
' Owain ' yn seinber iawn. Am y ferch a gafodd ei mab
yn gariad—wel, mater arall oedd hynny. Fe fyddai'n
rhaid aros nes cyfarfod â hi.

Fu dim rhaid cyfarfod â hi. Cyn pen mis roedd Owain
wedi'i newid hi am un arall. Cyn pen blwyddyn roedd y
llanc fu gynt mor freuddwydiol swil wedi torri calon cryn
ddeg o lancesi gan gynnwys, yn ogystal ag efrydyddesau,
un nyrs, dwy siopferch, ac ysgrifenyddes y Prifathro.
Oherwydd hyn, a'i harddwch pengrych eiddil, roedd ei
gydfyfyrwyr wedi Ffrangeiddio Owain Box yn Owain
Beau.

Afraid dweud mai gradd go sâl gafodd Owain Beau.
Pwysicach, a gwerthfawrocach at fyw, yn ei dyb o, oedd
plymio dyrys eneidiau benywod a chipio holl wobrau llên
eisteddfod y myfyrwyr am bedair blynedd ac arloesi'r
Dyfodol Gwell gyda'r Mudiad Llafur.

Ar ei flwyddyn olaf fe'i sobrwyd hyd ei fôn. Y ddau
beth a wnaeth hynny iddo oedd derbyn galwad i Bethany,
Croes-y-Pwll a chwrdd â Mary.

Rhaid i'r dyfodol ddyfarnu faint o fendith neu o felltith
i'r athrylith ifanc fu'r ddau ddatblygiad hyn. Fedr nofel
ddim gwneud dyfarniadau. Mae'n ddigon tebyg y byddai
Owain yn cynnwys Bethany, beth bynnag am Mary,
ymysg y stormydd cosmig ond y byddai'n rhy falch i
fanylu ar goedd.

Cyn gynted ag yr oedd y cwrdd sefydlu yn Bethany ar
ben fe benderfynodd y blaenoriaid nad Owain Box
Humphrys oedd y gweinidog delfrydol. Yr un oedd eu
barn am bob gweinidog blaenorol hefyd, ond doedden
nhw ddim yn cofio hynny. Fe aethon ati'n systematig i
dra-dyrchafu'r cyn-weinidog, y Parch. Elias Payne, gan
anghofio popeth am ei gnawdolrwydd peryglus i wragedd
tai capeli a'i jingoistiaeth groch adeg y rhyfel. Roedd yr
hen Fistar Payne yn medru *pregethu* ; roedd o'n *fugail*
gwych ; ac roedd o'n *golofn* yn yr Henaduriaeth. Rhaid
serio hyn oll i enaid hunandybus y gweinidog newydd.

Beth bynnag oedd gwendidau Mary, roedd hi'n
gibddall deyrngar i'w gŵr. Aeth hithau ati yr un mor

systematig i gythruddo'r blaenoriaid ac ypsetio'u gwrag-
edd. Roedd hi'n bictiwr o dlws ac yn amddifad o bob
doethineb. Fe heriodd y blaenoriaid ar bopeth, o'r
lleithder yn llofftydd y mans hyd at godi cwmni drama.
I'r blaenoriaid, ewyllys Duw oedd y lleithder, ond roedd
drama'n bechod yn erbyn yr Ysbryd Glân. Bellach,
roedd rhyfel agored yn Bethany.

I Owain Box, ei fethiant ef ei hun oedd hyn oll. Arwydd
oddi uchod o'i anaddasrwydd i'w swydd. Yn ingoedd
effro'r nos fe sgrifennodd y ddwy bryddest a enillodd iddo
ddwy o goronau'r Eisteddfod Genedlaethol a *Yr Alarch Du
a Storïau Eraill*, y mae hyd yn oed y beirniaid llenyddol
mwya gwrth-ugeiniau yn gorfod ei gydnabod yn glasur.
Fe wasgwyd y cynhyrchion hyn ohono fel y gwesgir pâst
dannedd o diwb.

Yn lle mynd i bregethu mewn cyrddau mawr, peth a
fyddai wedi dod ag enw i Bethany ac wedi lleddfu
rhywfaint ar lid y blaenoriaid, y peth dwl a wnaeth
Owain oedd mynd i annerch cyrddau gwleidyddol.
Roedd Pwll y Groes yn dal i weithio er bod pyllau nifer
o'r bröydd cylchynol wedi sefyll yn stond. Roedd di-
weithdra'n poeni llai ar drigolion Croes-y-Pwll a blaen-
oriaid Bethany bron i gyd wedi glynu yn y Blaid Rydd-
frydol.

'Mr. Humphrys, roedden ni'n teimlo bod rhaid inni
alw cwrdd swyddogion heno i ddatgan anghymeradwy-
aeth yr eglwys o'ch gwaith chi'n rhoi cyment o'ch amser i
bolitics.'

'Wnaethoch chi ofyn barn yr eglwys ?'

'Does dim rhaid inni. Mae hi wedi'n hethol ni i'w
chynrychioli hi, ac rŷn ni a'n bys ar i phyls hi'n barhaus.
Beth sy gyda chi i weud ?'

'Yn fyr, hyn. Hanner canrif yn ôl yng Nghymru, yr
eglwysi Ymneilltuol *oedd* y Blaid Ryddfrydol. Dwy aden
yr un deffroad oedden nhw. Roedd yr Eglwys yn arwain
plaid y dydd, yn cadw'i ffrwyn ar i gwar hi ac yn i
harwain hi—'

'Cymysgu crefydd â pholitics—'

' Yn hollol. Doedd dim byd o'i le mewn cynnal cyrdde gweddi i ddiolch i'r Hollalluog am ethol aelode seneddol Rhyddfrydol yn 1868. Pan symudodd y gydwybod gymdeithasol o'r Blaid Ryddfrydol i'r Blaid Lafur newydd yn ein canrif ni fe ddyle Ymneilltuaeth fod wedi symud hefyd. Rhoi'i ffrwyn ar war y ceffyl newydd a'i arwain ynte. Wnaethon ni ddim. Beth sy'n digwydd ? Mae'r ceffyl wedi dianc o'r stabal. Mae lliaws y gweithwyr eisoes y tu allan i'r Eglwys, wedi'u siomi ynddi a laru arni. Dydi hi ddim yn rhy hwyr inni achub y sefyllfa, ond os na wnawn ni, ymhen deng mlynedd ar hugain eto fydd ych eglwysi chi'n ddim ond broc môr ymhell uwchlaw llinell y llanw, yn glybiau Rhyddfrydol bach hen, crin a chwbwl amherthnasol—'

' Ble mae'r Efengyl yn dod miwn i hyn i gyd, Mr. Humphrys ? '

' Ddaw'r Efengyl ddim i mewn i ddim, Mr. Thomas, os cewch chi'ch ffordd.'

Wel, os do-fe !

Cyn pen pythefnos roedd Owain wedi derbyn galwad i le arall.

Ymhell cyn iddo symud i'r lle hwnnw roedd y Blaid Lafur wedi'i lapio at ei mynwes, ac er bod ei flaenoriaid newydd yn fwy gwledig a llai cecrus na brodyr Croes-y-Pwll, fe'u siglwyd hwythau'n egr pan ddewiswyd eu bugail yn ymgeisydd seneddol.

Nid i'w eglwysi'n unig yr oedd hynny yn annerbyniol, ond i Mary a'i rhieni ac i rieni Owain ei hun.

' Rwyt ti'n llawer rhy sensitif i beth felna, mi wyddost yn iawn,' meddai Mary. ' Os wyt ti am wneud, gwna, ond paid â chwyno wrtha i wedyn os byddan nhw wedi dy dynnu di'n gareie.'

' Feddylies i rioed y bydde fy mab i fy hun yn dablo â'r lot yna,' ebe Joseph Humphrys, credwr cryf yn holl rinweddau cyfalafiaeth.

' Ond os oes arno *isio* gwneud, Joseph—' ymdrechodd ei fam.

' Beth sy a wnelo isio â'r peth, Hannah Ellen ? '

Eistedd yn drist a distaw a wnaeth rhieni Mary, gan

ddangos eu hanfodd ym mhopeth ond geiriau. Erbyn hyn roedd i Owain a Mary fab a'i enw Cadwallon (' enw hurt', yn ôl Joseph Humphrys) ; mebyn teirblwydd, a synhwyrodd yr awyrgylch annedwydd a thorri i grio'n groch.

' Dadi'n mynd i ffwr' ! Pobol brifo Dadi ! '

Fe barodd y perfformiad terfysglyd hwn i'r ddwy nain grio hefyd. Penderfynodd Owain daflu'r tywel i mewn, ac ysgrifennodd lythyr.

Ond drennydd roedd Dai Daniels yr êjent a Wil Hopkyn, cadeirydd yr etholaeth, yn ddwygraig solet ym mharlwr y mans.

' Bachan, bachan,' meddai Dai, ' smo chi'n mynd i droi'ch cefen nawr ar hen werin y graith, otych chi ? A nhwthe'n ymddiried yndoch chi, yn erfyn ichi'u harwen nhw sha thoriad dydd ? '

' A swydd yn y Cabinet Llafur nesa,' chwanegodd Wil.

' Toriad dydd, Hopkyn,' meddai Dai yn sarrug. ' Hwnnw sy'n bwysig. Dyw Humphrys ddim yn *interested* miwn *material benefits* idd i hunan.' (Daniels yn nabod ei dderyn).

Er i Mary ymdrechu ymdrech deg ar garreg y drws, Dai Daniels a orfu.

' Gadewch e fod, Mrs. Humphrys, 'na gwd gel fach. Ma'ch annwl briod wedi'i eni i bethe mowr. *Built on a large scale*, dyna Humphrys ichi. Mae e'n pwdru man hyn ; neb yn gweld i fowredd e. Eisie brwydyr iawn i'w hwmladd mae e. Fe ddaw e o'r ffeit yn ddyn newydd, gewch chi weld.'

Roedd Dai Daniels yn well perswadiwr na phroffwyd. Wedi chwysu am hanner blwyddyn yn gwasgu'i feddwl creadigol, blêr, i fowld dadleuol ac yn dysgu ffeithiau a ffigurau diamheuol bwysig ond affwysol sych, fe aeth Owain Box i agor ei ymgyrch etholiad fel dyn yn mynd i'w grogi. Fe ddaeth yn ail tila i'r Rhyddfrydwr, a doedd curo'r Sais o Dori o bymtheg can pleidlais yn fawr o gysur iddo fo nac i'w gefnogwyr trist.

Am wythnosau wedyn cyn cysgu fe welai ddrysau'n cau yn ei wyneb a chlywed heclwyr yn ei wawdio o'r seddau ger y drws. Lawer noson y deffrodd yn chwys diferol wedi 'methu ateb cwestiwn gwrthun a chynulleidfa o filoedd yn ei lladd ei hun yn chwerthin.

'Mi ddwedes i ddigon wrthat ti,' meddai Mary. 'Waeth iti heb â chwyno rwan.'

'Dydw i ddim yn cwyno.'

Roedd o wedi breuddwydio llawer am y gerdd fawr y byddai'n ei sgrifennu wedi'r frwydr am ymdaith Meibion Llafur tua'r wawr. Ond roedd y dadleuon wedi tagu'r delweddau. Fe ddechreuodd sgrifennu nofel. Ond roedd y storm gosmig wedi pelydru'r cymeriadau'n gelain gegoer.

*   *   *

Does fawr ar ôl i'w adrodd ond ffeithiau crinsych.

Fe adawodd Owain Box y weinidogaeth pan nad oedd hynny'n beth poblogaidd i'w wneud. Arllwysodd Pharisea fawr ei melltithion am ei ben. Fe fu'n eitha llwyddiannus fel darlithydd allanol, heb gynnau coelcerthi yn unman. O un i un, yn dawel, fe ymblethodd datblygiadau amdano'n gawell glyd.

'Carchar.'

'Nage, cawell.'

Ni allod byth benderfynu. Ymddeolodd Joseph Humphrys o fod yn *Gents' Tailor and Outfitter*, gwerthu'i siop a chodi tŷ newydd digon i'w gynnwys o a Hannah Ellen ac Owain a Mary a Chadwallon bach. Am ysbaid fe geisiodd yr Owain cynhenid herio'i dynged a dweud 'Na'; gwrthryfela yn erbyn byw gyda'i rieni. Ond bu'r tŷ newydd yn ormod o demtasiwn i Mary. A ph'un bynnag, ni chafodd neb y gair olaf ar Joseph Humphrys erioed.

Cymerwn gipolwg ar ddyddiadur Owain Box ymhen ychydig flynyddoedd. Dydy'r cipolwg ddim yn siriol.

'Mynd i Werneithin at fy nosbarth heno yn bwys ar fy stumog drwy'r dydd. Fe rewodd yn filain neithiwr ar ben yr ysgithyn eira, a'r hyn a fawr ofnais a ddaeth arnaf. Yr oedd y car fel meddwyn ar y ffordd, ac wedi

imi gyrraedd dim ond tri a oedd yno.   Anodd fu
paratoi darlith hefyd. Cadwallon gartre o'r ysgol dan
annwyd ac yn cweryla â'i daid yn ddi-daw. Plentyndod
versus ail blentyndod. Amser cinio bu Mary'n cwyno ar
'Mam, a phan aeth Mary allan i'r siop fe ddaeth 'Mam
i'r stydi i gwyno arni hithau.   Gofyn imi berswadio
Mary i wastraffu llai o drydan a glo. Mi amddiffynnais
innau fy ngwraig a brifo fy mam. Beth yw dyletswydd
dyn mewn sefyllfa mor ddiffaith ? Ar ben y cyfan yr
oedd y ffrae â Perkins ddoe yng nghefn fy meddwl
drwy'r dydd.   Pam y mae'n rhaid i gydweithiwr fod
mor gythreulig o anodd ?   A ydyw Perkins yn gwbl
anadferadwy faleisus, ai ynteu fi sy'n rhy amheus, fel y
dywed Mary ?

' Am ddau funud ganol y prynhawn fe alwodd Meic.
Yr oeddwn heb ei weld ers misoedd. Mae'n byw ar lai
na hanner fy nghyflog i a chanddo chwech o blant i'w
bwydo a'u dilladu ac i'w fyddaru. Pam y mae Meic
mor hapus a minnau mor anfoddog ? Ai am fod fy
amgylchiadau i ddwywaith mor gysurus ? Neu am mai
Meic yw Meic ac mai fi wyf i ? Ynteu—tybed a *ydyw*
Meic yn hapus, pe gwyddwn i'r cyfan ? Pwy a edwyn
du mewn neb arall ? '

Pwy, yn wir ?

Rhyw rygnu'n ddilewych fel yna y mae dyddiaduron
Owain Box o ddydd i ddydd, gydag ambell fwlch o
ddyddiau bwygilydd pan yw yn ei wely dan y pruddglwyf.
Fe ddyfnhaodd y pruddglwyf yn ystod yr Ail Ryfel Byd.
Er ei fod yn tynnu at ben ucha'r oedran milwrol fe
gafodd ei bapurau ac fe wynebodd y tribiwnlys gwrth-
wynebwyr cydwybodol.   Mae dyddiadur yr wythnosau
hynny'n llawn o'r tribiwnlys—y pryder o'i flaen, cwest-
iynau gwawdlyd y llys a'r nerfusrwydd ar ei ôl—ac o
freuddwydion gwylltion gefn nos am erchyllterau Natsï-
aidd ac erledigaeth cymdogion. Ond does fawr o dystiol-
aeth yn y dyddiadur o erledigaeth agored o fath yn y byd.
Os methodd Owain Box sgrifennu nofel, fe fu'n ddiwyd
iawn yn ei byw.

*   *   *

Fe dynnwn y llen ar ein prif gymeriad tua diwedd y
rhyfel, gan nad oes dim arall o werth i'w adrodd amdano.
Mae'n ddiau y bydd yn darlledu o dro i dro ; fe ddylai
fod yn dda mewn cwis neu seiat holi, pan fydd yn yr hwyl.
Mae'i gyfrol o gerddi'n llyfr gosod at arholiad Cymraeg y
dystysgrif ucha, hynny efallai'n gymaint o boen ag o
bleser iddo gan ei fod yn ei atgoffa o'r addewid a fu. Fel
y dywedodd yn ei ddyddlyfr tua diwedd 1944 :
    ' Oni fyddai'n well imi fod *wedi* mynd i'r rhyfel cyth-
    reulig yma a chael fy lladd ? Fe fyddai hynny, o leiaf,
    yn esgus digonol dros fod mor ddigynnyrch mwy.'
    Efallai y bydd damcaniaethu lawer ynghylch a ddi-
gwyddodd i Owain Box. Ac efallai na fydd dim. Ond fe
ddeil rhai i ddweud ei fod o'n athrylith unwaith.

*   *   *

Adolygiad (Detholiad)
    Mae'n amlwg na fedrodd yr awdur benderfynu pa un ai
nofel ddigri neu nofel ddifri oedd *Marwydos* i fod. Fe geir
yma gartwnau o gymeriadau o gylch darlun digon
uniongred o Owain Box ei hun. Ac eto, rywsut, onid
cartŵn o enw sydd ganddo yntau ?
    Ni ellir peidio â theimlo hefyd fod yr awdur yn or-
ragfarnllyd a bod ei ddychan—os dyna y gellir ei alw—
yn rhy droetrwm. A oedd *pob un* o flaenoriaid Croes-y-
Pwll mor ddienaid ag y darlunnir hwy yma ? A oedd yn
rhaid bod mor llawdrwm ar y Blaid Ryddfrydol druan ?
    Y mae cwestiynau eraill y mae'n rhaid eu gofyn. A
fyddai'r Blaid Lafur yn debyg o ddewis gweinidog yn
ymgeisydd seneddol cyn iddi ddod yn barchus ? Mae'n
amlwg fod y cyfnod yn rhy gynnar i sôn am Blaid Cymru
fel ffaith etholiadol, ond oni fyddai gan Box Humphrys
rywbeth i'w ddweud am genedlaetholdeb, yn enwedig ac
yntau'n ffigur o fri yn y byd llenyddol Cymraeg, os gellir
llyncu hynny ? Yn wir, prin y gellir derbyn fod gŵr na
chyhoeddodd ond un gyfrol o gerddi ac un gyfrol o
storïau byrion yn 'athrylith'. Diau y gellid galw athrylith
ar ambell un a gyhoeddodd gyn lleied, a llai, ond nid

ydym mor barod i gredu hynny am gymeriad dychmygol·

Teimlwn fod arddull y nofel hon braidd yn *dated*—gan nad beth yw'r gair Cymraeg am hynny. Ac fe sylwyd ar rai gwallau iaith a gwallau argraffu. Rhag ofn y bydd galw rywbryd am ail argraffiad—er mor anodd credu hynny—rhestrir rhai ohonynt yma . . .

*   *   *

Ymglyw Radio (*Detholiad*)
Holwr : I ba raddau, ddywedech chi, y mae hon yn nofel hunangofiannol ?
Awdur : Meindiwch ych—busnes.

1969

' Dudwch i mi, Mr. Lewis, ydach chi'n credu y bydd y byd nesa'n waeth na hwn ? '

' Dydw i rioed wedi meddwl am y peth.'

' Na finna chwaith, deud y gwir. Ond rydw i'n meddwl y bydd o, wchi. Ma'n rhaid y bydd o. Cymwch chi'r holl bobol sy'n gneud dryga yn y byd yma, ac yn cal gwd old teim. Ma raid bod 'na gosb ar i cyfar nhw rywbryd, yn rhaid ? Ne bedi'r point, yntê ? '

' Point be, Mr. Jones ? '

' Wel, y point o drio byw'n dda. Cymwch chi'r dyn drws nesa at i fyny. Y petha ydw i'n i gweld yn digwydd yno—O, fasach chi byth yn credu ! Nid mod i'n gneud ati i watsiad, cofiwch, faswn i byth yn iselhau fy hun. Ond fedrwch chi ddim peidio sylwi.'

' Pa bethe ? '

' Wel, yn un peth, y ddynas 'na sy gynno fo. Yn dod i mewn bob dydd i llnau. Hy ! Llnau wir ! Llnau be, liciwn i wbod. A fynta'n picio adra ganol bora am goffi. Ia, am goffi, reit siŵr ! A hitha yno fel doli'n disgwl amdano fo. A'i wraig o yn i gwely uwch i penna nhw'n marw o gansar.'

' Ydi hi ? '

' Wel, ma'n siŵr ma cansar ydi o, be arall ? Ma'r doctor yno bob yn eilddydd, ers tua phum mis bellach. Pam y daru nhw i gyrru hi adra o'r hosbitol os nad cansar ydi o ? '

' I fendio, falle.'

' Wel, dyna fo, dydw i'n deud dim. Ond mi glywis i na ddaru nhw ddim ond i hagor hi a'i chau hi wedyn fel gwnio clustog. Dim y medran nhw neud, dyna glywis i. Felly mae'n edrach yn debyg iawn, yn tydi ? Marw o gansar nath Mam druan bach pan oedd hi, a felna'n union roedd hi.'

' Tewch.'

' O, ia. Pitiffwl, wchi. Pitiffwl. Peth ofnatsan ydi o. Does gin rywun ddim syniad. A'r dyn 'na wrthi'n gneud

misdimanars hefo'r holpan 'na ac anga yn y llofft uwch i
ben o. Ma'n rhyfedd na fasa fo'n ystyriad. Gobeithio *bod*
'na gosb yn y byd nesa ar i gyfar o a'i debyg, dduda i,
ne be ydi'r point ? '

' Wel, esgusodwch fi, Mr. Jones, mae'n rhaid imi fynd
ymlaen â'r chwynnu 'ma. Mae dyddie braf mor brin—'

' Chlywsoch chi ddim sut ma Tomi Nymbar Ffôr,
debyg ? '

' Naddo, wir.'

' Dyna un arall. I be ma isio rhoi motor beics i'r
ienctid 'ma, fedra i ddim dallt. Hwnna'n mynd â'i ben
gwalltog yn y gwynt bob nos yn lle aros adra'n gwmpeini
i'w fam weddw. Roeddwn i'n deud o hyd ma damwain
gâi o yn y diwadd. *Ac* mi cafodd hi. Y llall cafodd hi
waetha, meddan nhw, most y piti. Felna gwelwch chi'n
amal. Mi ddath y Tomi 'na drwyddi'n ysgafn iawn, dim
ond torri un migwrn a chrafu tipyn ar i wynab. Nid mod
i'n dymuno drwg i neb, ond mi nae dd'ioni i'r hogyn yna
fod a'i draed i fyny am dri mis. Cynta bydd i figwrn o
wedi asio, mi fydd i ffwrdd ar yr hen feic 'na eto bob nos,
yn clecian ac yn tranu tan berfeddion, gewch chi weld.'

' Ie, wel, mae'r chwyn 'ma'n galw, Mr. Jones, a does
dim ond awr nes bydd hi'n nosi—'

' Does gynnoch chi mo'r fath beth â chribin fach,
debyg ? '

' Oes, rydw i'n meddwl bod. Isio benthyg un sy
arnoch chi ? '

' Ia, ond na hidiwch rwan. Fydd arna i mo'i hangan hi
tan fory. Mi dduda ichi be : mi bicia i mewn ar ôl swpar
i'w nhôl hi os ca i—'

' Dyn, na, mi a i i'w hestyn hi rwan—'

' Na, mi ddo i ar ôl swpar, ylwch—'

' Arthur ! '

' Esgusodwch fi, Mr. Jones, ma'r wraig yn galw—'

' Arthur ! '

' Dwad rwan, Meg ! Mae'n well imi fynd ar unwaith ;
mae rhywbeth o'i le, yn ôl y sŵn.'

' Ia, wel, mi gwela i chi'n nes ymlaen 'ta . . .'

' Arthur, ble fuest ti mor hir ? '

' Hir ? Yr eiliad yma roeddet ti'n galw arna i. Be sy'n bod ? '

' Piter sy wedi cal dolur.'

' Wedi brifo eto ? Nefoedd fawr, dim ond echdoe—'

' Mae e'n wâth tro hyn. Wedi llosgi mae e.'

' O'r grym. Sut ? '

' Tynnu'r tegil ar i ben o'r stof lectrig—'

' Ble mae o ? '

' Yn y gegin, lle arall ? Wyt ti ddim yn meddwl y gallwn i symud e, wyt ti, ac ynte wedi sgoldanu'i ysgwydd a'i fraich a'i go's ? 'Na fe, bach, ma Mami'n dod, paid llefen nawr, paid llefen—'

' Wyt ti'n disgwyl i'r plentyn beidio ' llefen ' ac un hanner iddo'n llosg byw ? Tyd yma, ngwas i, tyd at Dadi—'

' Arswyd y byd, paid cwrdd ag e ! Smo ti'n gweld na all e ddim â godde dim yn agos idd i gro'n e ? Pe byset ti'n hôl y doctor fe nelet ti rywfent o dd'ioni.'

' Doctor ? '

' Wrth gwrs 'ny ! Smo ti'n meddwl hôl y *fire brigade*, wyt ti ? '

' Duw annwyl, Meg, nid amser i gellwair ydi hwn.'

' Wyt ti'n meddwl mod i'n jocan ? Dishgwl ar y crwt. Smo ti'n i glywed e'n llefen i galon mas, a tithe—'

' O'r argien, ble ma'r ffôn 'na . . . ? Bedi rhif y doctor ?'

' Tw wan dybl ffôr.'

' Dau un pedwar pedwar . . . Mi ddylwn i gofio, a finne'n i ffonio fo bob yn eilddydd bron—'

' A gofyn am Doctor Hughes. Mae e'n well 'da plant na Doctor Mathews.'

' O'r gore, o'r gore . . . Halô ? Syrjyri ? O . . . Arthur Lewis sy 'ma. Wyth, Ffordd Penybryn. Ie, ie, Eight, Penybryn Road 'te . . . Ydi Doctor Hughes yna ? Does yr un ohonyn nhw yna. Wela i. Wel, y plentyn ienga 'ma sy wedi llosgi. Ie, y tegell gwmpodd arno fo odd'ar y stof drydan, mae'n debyg . . . Wel, doeddwn i ddim yno, ac mae gen y wraig lond i dwylo . . . Sut ? Dod â fo i'r syrjyri ? Alla i ddim cyffwrdd yno fo. Mae un hanner iddo'n gig noeth. Mi drïwch gael gafael ar Doctor

Hughes, yn gnewch ? O . . . ma hi'n *half-day* arno fo.
Wel . . . Doctor Mathews 'te. Oreit. Diolch. Da boch
chi.'

Rhoi'r ffôn i lawr *reit* cŵl. Cadw'r pen yn oer. Anadlu'n
ddwfn. Agor y drws . . . yn barod am dafod.

'Odi Doctor Hughes yn dod ? '

'Nag ydi. Mae'n bnawn rhydd arno fo.'

'O'r arswyd. Odi Doctor Mathews yn dod 'te ? '

'Ma'r ddynes yn mynd i drio cael gafael arno fo.'

'Trial ? A Piter man hyn yn marw falle ? '

'Paid â deud y fath beth o'i flaen o ! '

'Mami ! Dim isio marw, dim isio marw— ! '

'Olreit, cariad bach, doedd Mami ddim yn i feddwl e.
Wel, wedest ti i fod e'n yrjent ? '

'Do, wrth gws—'

'A nath y fenyw ddim awgrymu hala ambiwlans i'w
nôl e i'r hosbital ? '

'Naddo.'

'A nest tithe ddim gofyn ? '

'Y . . . naddo.'

'Na gofyn am nyrs ? '

'Clyw, Meg—'

'Mami, dim isio mynd i'r hosbitol, dim isio—! '

'Olreit, cariad bach, paid becso, dim ond am dy neud
di'n well ŷn ni. Clyw, Arthur, ma raid inni neud rhwbeth.
Alli di ddim meddwl am rwbeth ? '

'Beth am drio menyn ? Ma hwnnw'n beth da at losg,
yn tydi ? Ble ma dy lyfr doctor di ? '

'Yn y cwpwrdd yn yr hôl ar y silff isha. O, dyna gloch
y drws ffrynt. Y doctor, siŵr o fod. Cer i'w agor o, nei
di ? '

'Diolch byth, diolch byth . . .'

Os rhaid goddef ar fy nhaith dywydd garw . . . Dyna
fydd Mam yn ei ddweud ar adeg fel hyn. Mae'n rhaid
goddef . . . on'd ydi ? Does gan rywun ddim llawer o
ddewis, nac oes ? Am wn i. Mi fydd yn dda gen i weld
Doctor Mathews, hyd yn oed, a'i fag bach o driciau . . .

'Hylô, Mr. Lewis, sut yr ydach chi ? '

'O . . . Mrs. Rees . . .'

' Hel at y Genhadaeth yr ydw i. Yr achos gora 'ntê.'

' Ie, wel—'

' Wedi bod wrthi rwan ers dros ddeugain mlynadd, heb fethu blwyddyn. Ma raid i rywun neud y gwaith, yn rhaid ? Ne be ddaw o'r plant bach duon, yntê ? '

' Wel, rhyw adeg arall, Mrs. Rees—'

' Be ? Dydach chi rioed yn mynd i beidio rhoi, Mr. Lewis bach ! Rydach chi'n arfar rhoi bob blwyddyn, tydach chi ddim wedi methu er pan ydach chi yma. Rhoswch chi, mi fedra i ddeud wrthach chi'n union rwan faint ydach chi'n arfar . . . dim ond imi gal fy sbectol . . . 'y ngolwg i, wyddoch chi—'

' Mrs. Rees, taswn i'n cal cyfle i egluro. *Nid* nad ydw i am roi at y Genhadaeth fel arfer, ond un o'r plant ma sy wedi cael damwain—'

' Damwain ! O 'nghariad i, prun ? '

' Wel—'

' Arthur ! '

' Ie, Meg, rydw i'n dwad rwan ! Esgusodwch fi, Mrs. Rees, ma raid imi fynd—'

' Rhoswch, mi ddo i mewn am funud. Ella medra i roi rhyw help—'

' Wel . . .'

' Arthur ! '

' Dwad rwan, medde fi ! '

Pa help, neno'r brenin annwyl, y gall rhyw hen greadures fel hon ei roi mewn cyfyngder, a hithau prin yn gallu ymlwybro o glun i glun gan ei chloffed a chan fyrred ei thipyn golwg ?

' Hylô, Mrs. Lewis bach, ac fel hyn y ma hi arnoch chi ? Yng nghanol ych helynt, 'y nghariad i. Wel, a'r peth bach wedi brifo . . . O diar, ar lawr mae o gynnoch chi ? Fasa ddim gwell ichi i roi o ar y soffa ne rywla, dudwch ? '

' Wedi sgoldanu mae e, Mrs. Rees, ac all e ddim â godde i neb gwrdd ag e.'

' O, dyna chi—'

' Ac Arthur mor hir yn y drws 'na yn lle dod 'ma i dreial helpu, a finne'n credu taw'r doctor o'dd 'na.'

' O ia, rydach chi wedi galw'r doctor. Ia siŵr—'

' Wy'n credu taw tawelwch mae e'n moyn, a gweud y gwir.'

' Ia, dyna chi. Ia, tawelwch, debyg iawn. Wel, drychwch, pam na thrïwch chi dipyn o saim gŵydd ? '

' Saim gŵydd ? '

' Oes gynnoch chi beth yn tŷ ? Dyna fyddan ni'n i roi ar losg bob amser, wyddoch. Saim gŵydd at losg, saim gŵydd at ddolur gwddw, saim gŵydd ar friwia . . . diar, mi fydda gin Mam gred mewn saim gŵydd na weloch chi'r fath beth erioed—'

' Meddwl am fenyn roedden ni.'

' Menyn, Mr. Lewis ? O na, faswn i ddim yn rhoi menyn. Wyddoch chi ddim be maen nhw'n i roi mewn menyn y dyddia yma. Tydi menyn ddim yr hyn fuo fo, fwy na dim byd arall—'

' Mami ! Brifo ! Brifo ! '

' Oreit, cariad bach, fe ddaw'r doctor yn y funed, fe fyddi di'n iawn wedyn—'

' Brifo mae o, 'mach i ? Wel, aros di, i weld oes gin Anti Rees dda-da iti . . . Hm, taswn i'n medru ffendio fy sbectol . . . Na, weldi, does 'ma ddim mymryn o dda-da. Ond *ma* gin i chwechyn iti. Dyma chdi. Fedri di gydio yno fo, dywad, ynta ydi dy fysadd bach di'n brifo gormod ? '

' Mi cymra i o, Mrs. Rees. Diolch yn fawr ichi.'

' O . . . dyna fo, Mr. Lewis.'

' Fydde waniath 'da chi fynd nawr, Mrs. Rees ? Wy'n credu bod gormod o siarad yn i flino fe.'

' O, debyg iawn, 'y ngenath i. Does arna i ddim isio bod ar ffordd neb. Nac oes, neno'r diar. Gobeithio bydd o'n well. Y peth bach iddo fo hefyd. Ia. Wel, pnawn da ichi.'

' Mi ddo i hefo chi at y drws—'

' Toes dim isio ichi, machgan i—'

' Mae'n well imi ddwad . . .'

Rhag ofn i hon eto faglu ar y step a thorri'i choes. Jyst be fyddai'n digwydd, i wneud pethau'n fwy diddorol.

' Mae'n ddrwg gen i, Mrs. Rees, am hyn.'

' Popeth yn iawn, machgan i. Felna ma hi. Pawb i helbul, yntê.'

' Mi alwch eto'n gnewch ? At y Genhadaeth ? '

' O, peidiwch â phoeni am hynny—'

' Wps ! Tendiwch y step. Un arall.'

' Dyna ni. 'Y ngolwg i, wyddoch chi. Ddaw henaint ddim i hunan. Wel, pnawn da.'

  ' Pnawn da.'

  ' Pnawn da.'

A phnawn da a phnawn da. Rwan 'te. Eiliad bach stond yn y pasej. Arthur Lewis ydw i. Rydw i'n bymtheg ar hugain oed, yn briod (O wynfyd) a chen i bedwar o blant (Ac yntau fel pennaeth mwyn, etc.) Mae'r ieuenga ohonyn nhw wedi brifo ac rydw i am fynd rwan, reit dawel, yn dad da a thyner, i edrych sut y mae o. Mi wn i'n dda sut y bydd Meg.

' Yr hen fenyw 'na'n sefyll manna'n clebran a'r crwt 'ma mewn shwd boen ! '

  ' Roedd hi'n bwriadu'n dda, Meg.'

  ' Pe byse hi'n galler *gneud* rhwbeth ! '

' Beth alle hi neud ? Ma hi dros i phedwar ugien, yn gloff a bron yn ddall, ac yn byw i hun yn yr hen dŷ mawr 'na—'

' 'Na fe, rwyt ti wastod yn teimlo mwy dros bobol erill na thros dy deulu dy hunan.'

' Nac ydw i. Deud yr ydw i na alle'r hen greadures *neud* dim, ond roedd hi'n llawn cydymdeimlad, chware teg iddi.'

' O, o'dd. Fel y bobol grefyddol 'na i gyd. Cydymdeimlad, dyna'r cwbwl sy i gal 'da nhw, a phwy iws yw hwnnw ar amser fel hyn, licwn i wbod ? '

  ' Mami, brifo ! W, brifo'n ofnadwy ! '

  ' Olreit, bach, olreit, olreit—'

  ' Mam ! Ma-am ! '

' O darro ! Dyna'r plant 'na wedi dod. O'n i'n cofio dim obeutu nhw. A sawl gwaith wy wedi gweud wrthyn nhw i gaead y dryse'n *dawel* ! '

  ' Mam, ga i frechdan ? '

  ' Afal sgin i isio, Mam—'

  ' Tewch, y ffernols bach ! '

  ' Be sy, Dad ? '

A dyna fi wedi'i gwneud hi. Dau bâr o lygaid mawr diniwed felltigedig yn fy ngosod ar braw. Fi, y tad, wrth reswm, sy yn y camwedd bob gafael.

'Wel, ie, Arthur, do'dd dim isie iti weiddi arnyn nhw mor gas. Oen nhw ddim yn gwbod, ware teg.'

'Gwbod be, Mam ? O . . . Pitar . . .'

'Be di mater, Mam ? '

'Glenys a Huw, dowch drwodd efo fi i'r rŵm ganol, mi dduda i wrthoch chi.'

Pam yr ydw i gymaint doethach ac oerach fy mhen gyda phlant pobol eraill na chyda 'mhlant fy hun ? Os ydw i hefyd.

'Dad, neith o farw ? '

'Pwy ? Pitar ? Na neith, debyg iawn. Llosgi nath o, dyna i gyd. Petaech chi'ch dau yn edrych ar i ôl o dipyn mwy i helpu'ch mam yn lle cymowta hyd y dre 'ma, hwyrach na fase peth fel hyn ddim wedi digwydd.'

'Ond ti ddudodd wrthon ni am fynd allan ar ôl te, Dad, am fod gin Mam gur yn i phen.'

'O'r gore, Glenys, does dim isio iti fod mor gegog ! '

O'r nefoedd, dyna ateb i blentyn deallus ! Peidio byth â chyfadde wrth blentyn mai fo sy'n iawn. Peidio byth ag ymddiheuro i blentyn, rhag ofn iddo ddysgu disgwyl ymddiheurad am bopeth.

'Rwan, gwrandwch ych dau. Rydw i wedi 'ffonio am y doctor, ac mae'n debyg y bydd rhaid i Pitar bach fynd i'r ysbyty. Dydi'r byd ddim ar ben—er y galle rhywun feddwl hynny bob tro bydd rhywbeth fel hyn yn digwydd —ond mi fydd yn help mawr os trïwch chi'ch dau fod yn weddol dawel o gwmpas y tŷ a pheidio tynnu'r dryse oddi ar i colynne a phethe felly pan fydd y doctor yma. A pheidio mynd i'w fag o i sbecian. A thrio helpu'ch mam dipyn bach ; mi'i plesith hi'n arw, achos mae peth fel hyn yn dreth fawr arni hi. A . . . wel, dyna'r cwbwl, am wn i. Am y tro.'

Ni wrandawodd dau blentyn erioed yn fwy graslon ar araith tad.

'Rwan, pwy sy isio afal a phwy sy isio brechdan ? Mi awn ni i'r gegin i chwilio am rywbeth—'

'Arthur!'

Y cnul eto.

'Ie, Meg, be sy?'

'Dere 'ma i dreial cysuro'r crwt 'ma. Mae e'n llefen i galon mas o hyd, alla i neud dim byd ag e.'

'Wel, mi wyddost fod pryder yn heintus. Dy deimlo di'n gynhyrfus mae o. Petaet ti'n gallu bod yn fwy tawel—'

'Tawel? Wyt ti'n meddwl taw doli blastic ydw i?'

Etc., etc.

Pam gynllwyn na alla i gau 'ngheg? Mae un gair bach amddiffynnol gen i yn agor tap y tywalltiadau nerthol.

'Mynd â'r plant i'r gegin i chwilio am rywbeth i fyta roeddwn i.'

'Fe a i â nhw. Aros di gyda Piter.'

'O'r gore.'

Neu o'r gwaetha.

'Rwan, Pitar, 'y ngwas mawr i. Dydi pethe ddim yn wych efo ti heno, nag yden, rhen ddyn?'

'Dim isio mynd i'r hosbitol, Dadi, dim isio!'

'O, dynion mawr cry sy'n mynd i'r ysbyty, weldi. Mi fues i yn yr ysbyty, cofia.'

Y llygaid gofidus yn lliniaru fymryn.

'Do?'

'Do.'

'Brifo?'

'Oedd, dipyn bach. Ddim llawer. Ond mae'n braf bod yn well wedyn.'

'Coes yn brifo, Dadi!'

'Ydi, rhen ddyn, mi wn i.'

Ac nid y goes yn unig. Ond rhyfedd fel y mae plentyn yn canoli'i boen mewn un lle.

'Mae brifo'n stopio yn yr ysbyty, weldi.'

'Dim isio Doctor Mathiws, Dadi.'

'Nag oes?'

'Nag oes. Doctor Mathiws yn hyll.'

'O, nag ydi. Does neb yn hyll.'

'Oes. Doctor Mathiws yn hyll sobor!'

Mae hyn yn gysur. Y bychan yn ddigon byw ei feddwl yng nghanol ei boen i ddatgan barn ar ei gyd-ddynion.

' W, Dadi ! Braich yn brifo rwan ! '

Ie, dyna hi. A beth ar y ddaear sy'n digwydd yn y gegin
'na ? Yn ôl y sŵn, un o'n hoff ryfeloedd cartre ni wedi
torri allan . . . Drws yn agor. Meg, a'i gwallt ar wrych.

' Arthur, *nei* di siarad â'r plant 'ma ? '

' Am beth yn y byd rwan eto ? '

' Feddylies i ddim erio'd y byswn i'n codi dou mor
cheeky. Sdim parch 'da nhw at i rhieni. Siarad â nhw,
Arthur.'

' Reit.' Codi oddi ar fy sodlau lluddedig. ' Mae Pitar
yn dawelach rwan. Rydan ni wedi cael sgwrs fach.'

Gair o ddiolch gan y fam flinderog ? Nac oes. Ddim
heddiw. Drwodd i'r hôl at *y* ddau arall.

' Wel, rwan 'te. Be fuoch chi'n i neud i darfu ar ych
mam ? '

' Huw ddaru ddechra. Mi gafodd frechdan, mi gafodd
ddwy a deud y gwir, wedyn roedd o isio lemonêd, a Mam
yn deud bod rhaid iddo fo yfed llefrith—'

' Naci, Glenys, chdi oedd wedi yfed y lemonêd i gyd
ganol dydd a wedyn doedd 'na ddim ar ôl i neb arall, yr
hen fol—'

' Nid fi ddaru i yfed o i gyd, rwyt ti'n deud clwydda,
roeddat ti wedi cal peth hefyd, tasat ti'n cofio, a phrun
bynnag mi fasa raid iti yfed llefrith rwan amsar swpar, ac
wedyn dyna chdi 'ta—'

' Naci, gwranda 'ta, mi fasa Mam wedi gadal imi gal
peth tasa 'na beth i gal—'

' Na fasa—'

' Basa—'

' O'r gore, dyna ddigon ! '

Pam, rydw i'n gofyn i mi fy hun yn y distawrwydd sydyn
sy'n dilyn fy nharan, y mae'r plant yma bob amser mor
gegog gyda'u mam ? Ai synhwyro y maen nhw ynddi hi
ryw fan meddal, dolurus y gallan nhw'i bwnio a'i bigo a
chael y boddhad o'i gweld hi'n ymateb ? Ai dyma'u
ffordd ddyrys nhw o gael sylw ganddi ?

' Rŵan 'te, roedd Mam yn deud ych bod chi wedi rhoi
tafod drwg iddi. *Cheeky* ddudodd hi. Be ddudsoch chi
wrthi ? Glenys ? Ti ydi'r hyna.'

' Ddudis i ddim byd.'

' Huw ? '

' Ddudis inna dim byd chwaith.'

' Felly.'

Ymresymu'n gyflym. Pa fygythiad sy'n mynd i gael y gwir ? Neu'n hytrach, gan nad yw'r gwir o fawr bwys bellach, pa fygythiad sy'n mynd i'w plygu nhw ? Bygwth eu hanfon nhw i'r gwely heb swper ? Maen nhw wedi cael swper—o fath. Bygwth atal eu harian poced nhw am wythnos ? Cael tystiolaeth—ffrantig a ffwndrus, bid siŵr—eu mam ? Ynte gollwng yr holl fusnes anhraethol ddiflas, ildio am unwaith, boddi'n ddymunol yn fy aneffeithiolrwydd affwysol fy hun ?

' Mae 'na rywun wrth y drws, Dad. Ga i fynd i agor ? '

' Cei, Huw.'

A dyna'r frwydr drosodd, wedi'i hennill gan y plant. Wedi imi godi carnedd o gerydd uwch eu pennau fe ddaw'r naill neu'r llall allan oddi tan y garnedd ac â llais bach da ac wyneb ceriwb, chwalu'r cyfan. Pa siawns sy gen i ?

' Yr ysbyty ar unwaith,' meddai Doctor Mathews mewn llais drycinog sy'n awgrymu nad ydi rhai pobol ddim yn ffit i gael plant. Sy'n ddigon gwir, mae'n siŵr.

' Cer di gydag e,' meddai Meg drwy raeadr o ddagrau. ' Alla i ddim â godde'i adael e ! '

Fi sy'n mynd. Yn ymarllwys yn foddfa o gysur di-help yn yr ambiwlans ac yn gadael fy nghalon wrth y gwely bach wylofus.

' Mi ddaw Mami a finne i dy weld di fory, rhen ddyn. Efo presant iti am fod yn hogyn dewr.'

Fel petae o ddwy neu dair blynedd yn hŷn. A dianc am fy hoedl, gan obeithio bod y gair ' presant ' yn mynd i wreiddio yn y galon friw.

Gartre, ar garreg y drws, fel Twr Marcwis, saif Jones drws nesa. Bagla hi'r lleban, bagla hi ! ydi cri f'enaid i. Ond dydi'r ddwy saeth o'm llygaid i'n gwneud mo'r marc lleiaf ar y twr.

' Wel, Mr. Lewis, mae'n ddrwg gin i am yr anffawd bach rydach chi wedi'i gal heno 'ma.'

' Nid bach ydi o.' Synnu 'mod i'n medru bod mor
sarrug.

' Am faint bydd yr hogyn i mewn ? '

Yr hogyn.

' Rai wythnose, rydw i'n ofni.'

' Tewch, da chi. Ia, wir, peth sobor ydi llosg, wchi. Hen
beth brwnt ofnatsan. Rydw i'n cofio, wchi—'

' Roedd arnoch chi isio benthyg cribin fach, on'd
oedd ? '

' O, na hidiwch amdani heno. Mi neith y tro fory'n
iawn. Ond mi ddo i mewn am funud yn gwmpeini ichi.
Does dim byd fel tipyn o sgwrs i liniaru gofid, wchi—'

' Mi neith honno y tro fory hefyd, Mr. Jones. Rydw i'n
mynd i 'ngwely. A chymrwch o gen i : feder y byd nesa
fod ddim llawer gwaeth na hwn.'

A dyna siglo tipyn ar y twr. O leia, mae rhywbeth yn
gwawrio yn y ddau lygad codog, caled, pwl. Tramgwydd,
mae'n ddiamau. Wedi'i sarhau, wedi cymryd ato. A
phethau dreiniog yn egino yn y meddwl lledr i'w dweud
wrth y cymdogion eraill i gyd am y dyn Lewis 'cw drws
nesa.

Boed felly.

' Nos dawch, Mr. Jones.'

A chaewyd y drws. Yn sydyn, mae Jones yn ymgorffori
bywyd yn ei holl ddiffeithdra, yn endid mall cyfleus i daflu
rhywbeth ato. A dyma fi'n brasgamu drwy'r hôl tua'r
cefn—

' Arthur ! '

Ond dydi Arthur ddim yn gwrando. Mae Arthur yn
ymdaith drwodd i'r sied dwls. Mae Arthur yn ymaflyd
yn y gribin fach. Mae Arthur yn ei chludo hi at y clawdd
ac yn ei thaflu fel gwaywffon danllyd i ganol begonias
Jones drws nesa. Ac yn sydyn, mae Arthur yn teimlo'n
well.

' Arthur, beth nest ti ? '

Yn rhyfedd iawn, doeddwn i'n cofio dim am Meg.

' Arthur, rwyt ti'n wyn fel y calch. Beth sy'n bod ? '

' O. Rwyt ti'n sylwi.'

' Wrth gwrs mod i'n sylwi.'

'Wel, mae'n debyg na siaradith pobol drws nesa ddim efo ti am sbel. Mae'n ddrwg gen i.'

Mae'r cerydd ? Mae'r storm dân yn y llygaid ? Mae'r cenlli geiriau ?

'Sdim gwaniath. Shwd o'dd Piter ? '

Meg mor dawel ?

'Yn crio.'

'Ro'dd hi'n siŵr o fod yn enbyd arnat ti'n gorffod i adel e.'

'Oedd. Yn enbyd.'

'Diolch iti, Arthur.'

'Diolch ? Am beth ? '

'Am bopeth.'

Duw mawr, hon eto. Yr un fath yn union â'i phlant. Yn yr awr ni thybioch, storm—neu ddyfroedd tawel.

'Fe na i omlet i swper.'

Fy ffefryn i.

'Paid â thrafferthu, Meg. Rwyt ti wedi blino. Mi a i chwilio am y plant 'na—'

'Maen nhw'n cysgu.'

'Yn cysgu ! '

'Fe ethon i'r gwely fel angylion.'

Rhyfeddodau ni pheidiant.

'Ma Bedws yn y rŵm ffrynt. Fe ddath Mrs. Jones Tŷ'r Ysgol ag e gartre hanner awr nôl.'

Bedws. Doeddwn i'n cofio dim amdano. Dim. Yr un a ddylai fod yn fy meddwl i ddydd a nos.

'Wel, Bedws ? Rwyt ti wedi dwad ? '

Dyma fo, yn dair ar ddeg oed, yn chware ar lawr â blociau Pitar. Yn llonni o'i ben i'w draed, yn gyffro i gyd wrth fy ngweld i ; petai ganddo gynffon fe fyddai'n ei siglo hi. Fwy nag unwaith rydw i wedi 'nharo yn fy nhalcen neu ar fy ngwar ag un o'r blociau cornelog yna. Ond heno mae yntau'n dawel, a'r wên ar ei wyneb yn rhoi imi'r briw melysa 'rioed.

'Wel, rhen ddyn, gest ti hwyl yn Nhŷ'r Ysgol ? '

'Yyyy ! '

Mae'n dechrau siglo chwerthin. Do, mae'n siŵr iddo gael hwyl yn Nhŷ'r Ysgol. Toc, daw'r dyfarniad.

' Mr. Jones, Mrs. Jones, neis.'

Yn Rhodd Mam Bedws, dau fath o bobol sydd : ' neis '
a ' ddim yn neis'. Ac onid ei Rodd Mam o sy'n iawn,
wedi'r cwbwl ? Onid yw ' neis ' a ' ddim yn neis ' yn
agosach at ddosbarthiad Iesu na ' da ' a ' drwg ' ? Dim
ond gofyn rydw i.

' Eco. Isio eco.'

Does arna i ddim llawer o awydd stryffaglio gyda
recordiau heno, ond gan fod Bedws wedi estyn ei law
afrosgo tua'r gramoffon does dim nacáu i fod.

' Eco Defi Loud.'

' O'r gore, ngwas i.'

Ac yn sŵn toddedig ' Lausanne ' mae Bedws yn
ymgordeddu ar y carped gan ollwng ambell ebwch o
chwerthin mawr, y gwacter lle nad oes meddwl wedi'i
lenwi i'r ymylon â thangnefedd. Ac i ganol y tangnefedd
dyma Meg â hambwrdd ac omled mawr dau-wy, ei
phoeth-offrwm a'i phech-aberth am heddiw.

Am dri o'r gloch y bore dydi Meg ddim wedi cysgu. Na
finnau chwaith.

' Wyt ti'n meddwl bod Piter bach yn cysgu ? '

' Wn i ddim, Meg. Gobeithio. Ni wna i baned o de.'

Chwarter awr yn ddiweddarach, heb ddim i dorri ar y
distawrwydd ond tinc cwpanau a thipian euog y cloc
larwm dan y gwely, meddai Meg,

' Wyt ti'n gwbod am beth wy'n meddwl nawr ? '

' Dim syniad.'

' Am Ogof Twm Siôn Cati.'

' Tria Alasca.'

' Smo ti'n cofio, wyt ti ? '

' Cofio be ? O . . . O ydw, rydw i'n cofio rwan. Y gusan
gynta. Pan est ti â fi i grwydro Sir Gâr. Dydw i ddim yn
siŵr eto efo pwy y syrthies i mewn cariad y noson honno—
ti neu dy sir.'

' Nest ti ddim meddwl pryd hynny, do-fe ? '

' Meddwl be ? '

' Y byset ti'n cal shwd ofid 'da fi.'

' Be wyt ti'n feddwl, gofid ? '

' Bedws . . . y ddou gythrel bach 'na, Glenys a Huw . . .
Piter yn sgoldanu . . . a finne . . .'

' Mi ddaw pethe'n well.'

' Smo ti'n credu hynny, wyt ti ? '

' Nac ydw.'

' Pam wyt ti'n i weud e 'te ? '

' Am fod rhaid imi. Ma raid i bobol ddeud rhyw bethe
drosodd a throsodd a throsodd i gadw'u balans. Fel Jones
drws nesa'n deud y bydd 'na uffern i bobol erill, gan
obeithio bod hynny'n golygu y bydd 'na nefoedd iddo *fo*.
Mae hi'n gred beryglus, sy'n torri begonias.'

' Pam na alla i reoli'n hunan ? '

' Pam na alla inne ? Efe a'n gwnaeth, ac nid ni ein
hunain. A ddywed y peth ffurfiedig wrth yr hwn a'i
ffurfiodd, paham y'm gwnaethost fel hyn ? '

' Ffit grefyddol.'

' Ffit, beth bynnag.'

' Pam na fyset ti wedi priodi rhywun arall, Arthur ? '

' Roist ti ddim llawer o gyfle imi, naddo ? Ond mae gen
i un cysur. Mae'n siŵr dy fod ti wedi f'arbed i rhag
priodas waeth.'

' Smo ti'n credu hynny hefyd.'

' Ydw. Yn rhyfedd iawn, rydw i *yn* credu hynny.'

' Rwyt ti'n greadur od.'

' Ydw.'

Yn nistawrwydd rhythmig y cloc larwm, ar ôl diffodd y
golau, mae dau feddwl clwyfus yn ymbalfalu am ei gilydd.
Fel hyn y bu hi o'r blaen, dro ar ôl tro ar ôl diffaith dro.
All o byth ddigwydd eto. Ond digwydd y mae o.

' Glywest ti'r fforcast heno, Arthur ? Y tywydd at
fory ? '

' Naddo. Pam ? '

' Dim ond meddwl.'

' Mi fedra i ddeud wrthat ti be fydd y tywydd fory.'

' Beth ? '

' Stormus.'

Yn y dwys ddistawrwydd, tipian y cloc larwm—yn
uwch. A sŵn arall. Snwffian crio.

' Mae'n flin 'da fi, Arthur.'

' Mae'n ddrwg gen inne. Dy fod ti wedi dy glymu am oes wrth gadach llawr o ddyn sy'n tynnu gofidie ato fel pot jam yn tynnu pryfed.'

Mi wela i f'ystafell yn yr ysgol bore fory—bore heddiw bellach—a deuddeg ar hugain o blant amhosibl eu llywodraethu. A Huws y prifathro'n dod i mewn i ofyn imi o flaen deuddeg pâr ar hugain o lygaid maleisus beth yn y byd ydi'r holl sŵn. Does dim osgoi ar Huws. Does dim drws y gellir ei gau ar Huws. A dydi Huws ddim yn tyfu begonias. Yn wir, does dim byd yn tyfu dan draed y diawl ond fy rhwystredigaeth i.

' Ma Piter yn siŵr o fod yn cysgu nawr.'

' Ydi. Mae'n siŵr i fod o.'

' Gwell i tithe gysgu, os galli di.'

Mae'i llaw hi'n gynnes ac yn llaith gan chwys, yn fy nhywys i'n gymodlon i dwnnel pedair awr a hanner o hyd lle na ddaw neb i gasglu at y Genhadaeth nac i ofyn am fenthyg cribin, a lle nad yw plant yn tafodi'u rhieni na'u hathrawon nac yn tynnu tecelli berwedig am eu pennau, nad yw'n arwain i unman ond i olau dydd arall ysblennydd gan drafferthion mwy a gwell.

1971

CYMWYNAS

'Wyt ti'n cofio John Dôl Berllan ?' gofynnodd William Jones, Ty'n Rhos, yn wannaidd pan elwais i'w weld ychydig nosweithiau cyn ei farw.

Doedd fawr o lewych wedi bod ar y sgwrs cyn hynny. A doeddwn i ddim yn synnu. Roedd yn eglur i mi, fel y byddai'n eglur i unrhyw un, fod William Jones yn ddyn gwael iawn, er nad oedd ond canol oed. Yma, yn y gwely ffrâm-haearn mawr, ar ei ben ei hun mewn ystafell ddigon oer a llaith, ond bod cyfnither iddo i lawr y grisiau wedi dod i ofalu amdano. Syndod, felly, yng nghanol sgwrs ddigon poenus a diafael, oedd cael y cwestiwn sydyn hwn heb fod cysylltiad rhyngddo â dim oedd wedi'i ddweud o'r blaen.

Oeddwn i'n cofio John Dôl Berllan . . . ? Mi geisiais gofio. Doedd neb yn byw yn Nôl Berllan ers blynyddoedd, er pan oedd rhyw arwerthwr o Sir Amwythig wedi prynu'r fiarm ; fe fyddai beiliff hwnnw'n dod i fyny i gadw golwg ar ryw ddwsin o fustych a rhyw hanner cant o ddefaid, ac roedd y tŷ'n prysur fynd yn adfail.

'Mae'n rhaid dy fod ti'n ei gofio fo !'

Roedd llais y gŵr gwael wedi cryfhau'n ddirybudd, ac fe gydiodd yn dynn yn fy ngarddwrn. Mi drois i edrych arno, a dychryn. Roedd ei lygaid yn danbaid gan ryw daerineb enbyd. Roedd i mi gofio John Dôl Berllan yn fater o fywyd a marwolaeth iddo. Ac mi gofiais. Crwtyn ifanc oeddwn i ar y pryd, ond roeddwn i'n cofio'r ardal yn sôn am y trychineb.

'Ydw, William Jones, rydw i'n ei gofio fo. Nid syrthio i lawr Craig y Cadno wnaeth o pan oedd o yn yr ardal ar ei wylie . . . damwain angheuol . . . ?

'Damwain ?' Doedd y taerineb ddim wedi gadael y llais na'r llygaid.

'Wel . . . dyna glywes i 'Nhad yn ei ddeud. A phawb arall oedd yn ei gofio fo.'

'O . . .' Â griddfaniad llaes, fe rowliodd ei ben yn ôl ar y gobennydd, a'r dagrau'n llifo dros ei fochau rhychiog.

Doedd peth fel hyn ddim o unrhyw les i ddyn mor wael, ddim ond yn ei gynhyrfu'n ddiangen. Mi ddechreuais godi.

' 'Drychwch, William Jones, mae'n well imi fynd . . . ichi gael gorffwys—'

' Na ! ' Roedd o wedi cydio eto yn fy ngarddwrn, a'r tanbeidrwydd yn ôl yn ei lygaid. ' Aros ! Fydda i ddim yma'n hir eto—'

' O, peidiwch â siarad fel'na—'

' Fydda i ddim yma'n hir eto—' yn hollol bendant '—ac mae rhaid imi gael deud yr hanes wrth rywun cyn imi fynd.'

Mi eisteddais drachefn yn ufudd. O weld hynny fe dawelodd, a dechrau adrodd ei stori. A chan mor arswydus oedd hi, fedrwn i ddim symud o'r fan nes iddo orffen.

' John oedd fy ffrind penna i. Hwyrach y bydd yn anodd iti gredu hynny wedi clywed hyn. Ond mae cyfeillgarwch weithie'n achosi i ddyn wneud pethe anesboniadwy. Hyd yn oed i'w ffrindie penna. Neu . . . 'falle . . . yn enwedig i'w ffrindie penna.'

Roedd ei lygaid erbyn hyn wedi colli'u tanbeidrwydd brawychus ac yn llonydd ar un llecyn ar y nenfwd uwch ei ben.

' Fel y gwyddost ti, Dôl Berllan a Thy'n Rhos ydy'r ddwy ffarm agosa at ei gilydd. Roedd John a finne'n cydgerdded i'r ysgol ac yn ôl bob dydd ac yn chware efo'n gilydd bron bob nos ar ôl dod adre. A dydw i ddim yn cofio'r un Nadolig na Phasg na gwylie ha' nad oedden ni efo'n gilydd hyd y caee o gwmpas Ty'n Rhos neu Ddôl Berllan, yn cicio pêl neu'n gosod magle neu'n pysgota yn y pwll dan Bont yr Hendre. Mi fydden ni weithie'n cysgu y naill yng nghartre'r llall. Er nad oedden ni'n perthyn yr un dafn o waed i'n gilydd roedden ni mor glwm wrth ein gilydd â dau efell.'

Ni thynnodd mo'i lygaid oddi ar y nenfwd, ond fe gymerodd saib i gasglu digon o anadl i fynd ymlaen â'i stori.

' Aethon ni ddim llai o ffrindie pan aeth John yn ei

flaen o'r Ysgol Sir i'r coleg, a finne'n aros gartre i ffarmio
yn Nhy'n Rhos. Mi fydde John yn sgwennu ata i ddwy-
waith neu dair bob term—llythyre hir a diddorol—a phan
fydde fo gartre ar ei wylie, efo fi yn Nhy'n Rhos y bydde
fo'n byw ac yn bod, pan nad oeddwn i efo fo yn Nôl
Berllan yn helpio efo'r cynhaea yno. Fuodd erioed
ffrindie nes at ei gilydd na John a finne yr amser hwnnw.

' Ac wedi'r amser hwnnw hefyd, wedi iddo fynd i'r
fyddin a dod yn ôl a chael swydd athro yn Sir Fôn a
gwneud cartre iddo'i hun. Mae'n wir nad ydy ffrindie
ddim cweit mor agos at ei gilydd wedi i un neu'r llall
neu'r ddau briodi ; mae dyn yn tueddu i fyw fwy a mwy
i'w gartre newydd ; mae genno fo sgwrs newydd a
chyfrinache newydd rhyngddo fo a'i wraig sy'n ddiarth
hyd yn oed i'w ffrindie penna. Ond er hynny, mi ddaliodd
John a finne i lythyru at ein gilydd, ac mi fydde'n dod
adre am wythnos neu ddwy bob Awst i Ddôl Berllan.
Hyd yn oed wedi claddu'i rieni mi ddaliodd i ddod. Dod
ata i a Mam i Dy'n Rhos, ac Elin efo fo.'

Pwl o besychu, a saib am anadl.

' Merch dda oedd Elin—ydy hi o hyd, o ran hynny, er
nad ydw i ddim wedi'i gweld hi ers blynyddoedd. Wrth
ei chael hi, mi gafodd John wraig a mam a chwaer i gyd
efo'i gilydd. Roedd hi'n sbesial. Roedd hi hefyd yn nyrs.
Nyrs oedd hi cyn priodi, a ddaru hi ddim peidio bod yn
nyrs ar ôl priodi. Nid ei bod hi wedi dal i weithio mewn
sbyty na dim byd felly—mi ro'dd y gore i'w gwaith, er
nad oedd dim rhaid iddi, achos doedd gennyn nhw ddim
plant—ond pan aeth John yn wael mi dendiodd hi arno
fo fel na alle neb ond nyrs. Ac fel llawer nyrs arall, am ei
bod hi'n gwbod cymaint am yr hyn sy tu mewn i rywun
roedd hi'n rhy barod i ofni ac i gredu'r gwaetha pan
fydde afiechyd rywle'n agos ati, ac yn ei dychryn hi'i hun
ac eraill yn ddiachos . . . Ond hwyrach mai trio taflu
peth o'r bai arni hi rydw i rwan. A dydy hynny ddim yn
deg . . . er y bydde fo'n ysgafnhad i mi . . .'

Mi sylwais fod y dagrau wedi dechrau llifo eto. Roedd
William Jones yn mynd drwy burdan.

' Pan ddaeth John ac Elin i aros ata i am y tro dwytha—

hynny ydy, y tro dwytha iddyn nhw ddod efo'i gilydd, a finne wedi claddu 'Mam erbyn hynny—mi sylwes fod cryn newid yn John. Nid yn ei natur o : yr un dyn oedd o o hyd yn y bôn—diddan, siriol, hwyliog. Ond roedd o wedi teneuo yn ei gorff a llwydo yn ei wyneb ; roedd o'n blino'n fuan ; doedd o'n byta'r nesa peth i ddim. Pan ges i gyfle ar Elin ar ei phen ei hun, mi ofynnes iddi be oedd yn bod ar y bachgen. Stori drist oedd genni hi. Roedd John wedi gweld pedwar o feddygon, wedi bod droeon dan yr *X-ray*, ond doedd gan yr un o'r doctoried weledigaeth glir ar ei salwch o. Roedd rhywbeth mawr o'i le arno— roedden nhw'n cytuno ar hynny. Ond be'n union oedd y rhywbeth hwnnw, fedren nhw ddim deud yn iawn.

'Roedd gan Elin, wrth gwrs, ei syniade'i hun. Enwe afiechydon hir nad oeddwn i 'rioed wedi clywed amdanyn nhw, disgrifiade i godi gwallt pen rhywun o wahanol ranne o'r corff yn darfod, ac ati. Mi faswn i'n deud bod ei gwybodaeth hi fel nyrs wedi magu adenydd ac yn ei chario hi i dir pell iawn. Fedrwn i wneud dim ond gwrando arni mewn syndod trist.

' Wedi i'r ddau fynd adre'n ôl, chlywes i'r un gair am amser hir. Mi wyddwn fod John yn mynd i'r sbyty am ryw brofion ac yn y blaen. Ond tu hwnt i hynny, fedrwn i ddim ond dyfalu. Mi aeth wythnose heibio. Dim gair yn dod. Mi es i boeni. Poeni'n ddifrifol, achos fedrwn i ddim meddwl am fywyd heb . . . heb John. Roedd o a finne wedi troedio cymaint ar yr un llwybre, wedi dringo cymaint ar yr un coed, wedi pysgota mor amal yn yr un afon.

' Wedyn, un diwrnod, mi ddaeth y llythyr.'

Fe drodd ata i ac estyn ei law'n grynedig tua'r bwrdd bychan wrth y gwely.

' Agor y drôr fach 'na, wnei di ? Mi weli di ddau lythyr yno. Llythyre Elin. Estyn nhw.'

Mi agorais y drôr. Doedd dim angen chwilio. Roedd y ddau lythyr yn gorwedd ar ben pentwr o bapurau : hynny'n dangos bod William Jones wedi bod yn eu darllen eto yn ystod ei ddyddiau ola—sawl gwaith, wyddwn i ddim.

'Yr hwya o'r ddau,' meddai. 'Dyna fo. Darllen o. Darllen o'n uchel.'

Mi wnes hynny.

'Annwyl Wil,

Newydd drwg iawn sydd gennyf i'w ddweud, ac nid wyf yn teimlo y gallaf ei ddweud wrth neb ond chwi. Nid oes dim gobaith i John. Mae'r meddygon wedi dweud wrthyf nad oes ganddo ond ychydig wythnosau i fyw—deufis neu dri ar y mwyaf. Ac maent wedi fy rhybuddio y bydd yn farwolaeth boenus ac enbyd. Sut y gallaf edrych ar fy nghariad yn dioddef, wn i ddim. Maent wedi penderfynu beth yw ei afiechyd : afiechyd prin ac anghyfredin nad oes gwella iddo. Nid yw John yn gwybod, ac nid wyf am ddweud enw'r afiechyd wrthych chwi rhag ichwi'i ollwng allan wrtho'n ddamweiniol. Ond yr wyf am anfon John atoch am wythnos neu ddwy, os gellwch ei gymryd. Bydd cerdded yr hen lwybrau'n codi tipyn ar ei galon, a gwn y gwnewch chwithau eich gorau iddo. Dof innau wedyn i'w gyrchu adref. Bydd yn well iddo fod acw hebof i ; bydd y newid yn llwyrach iddo ef, a chaf innau dipyn o'm cefn ataf cyn y frwydr olaf. Fe ddaw â thabledi poen cryfion gydag ef. Gofalwch ei fod yn eu cymryd.

Cofion caredig,
Elin.'

Wedi darllen y llythyr torcalonnus mi drois eto at y gŵr yn y gwely. Roedd o wedi cau'i lygaid, ond fe'u hagorodd eto i fynd ymlaen â'i stori.

'Mi anfones yn ôl ar unwaith i ddweud wrth John am ddod. A chwech o'r gloch nos drennydd roeddwn i'n ei gyfarfod o oddi ar y trên. Roedd yr olwg arno'n 'y nychryn i y tro yma. Roedd yr afiechyd, beth bynnag oedd o, yn ei fyta fo'n gyflym. Doedd o'n ddim ond croen am asgwrn. Roedd o'n pesychu, yn tagu, yn ymladd weithie am wynt. A fedre fo gadw dim bwyd i lawr, dim ond ambell lasied o laeth a rhyw horlics a benjars a

phethe felly. Roedd yn dda gen i gyrraedd adre i Dy'n
Rhos a'i roi o yn ei wely. Roeddwn i'n synnu, a deud y
gwir, fod Elin wedi gadael iddo ddod yn y fath gyflwr, a
dod ei hun. Ond o wybod y stori, doedd dim bai ar Elin
chwaith.

' Yn ystod y dyddie wedyn, mi fynnodd John ddod allan
efo fi ar hyd yr hen lwybre. Roedd y teithie hynny'n boen.
Roedd rhaid iddo eiste bob hyn a hyn, ar foncyff, ar
gamfa, ar unrhyw beth digon gwastad i ddal ei gorff
ysgafn o.   Roedd tro o gwmpas y defed fydde'n arfer
cymryd hanner awr yn cymryd dwyawr a thair. A phan
fydde poen yn ei daro fo, roedd yr olwg arno'n arswydus.
Roedd rhaid imi deimlo'i bocedi o am ei dabledi a gwthio
un, weithie ddwy, rhwng ei ddannedd o. Ymhen hir a
hwyr, mi ddôi ato'i hun.

' Fedrwn i ddim cysgu'r nos gan feddwl amdano fo.
Ychydig wythnose i fyw, meddwn i wrtha fy hun. A'r
poene erchyll 'na bob dydd o'r wythnose hynny. A'r
peswch, a'r tagu, a'r colli gwynt. Roeddwn i bron â drysu
fy hun wrth feddwl am y peth. Ond roedd o'n meddwl ei
fod o'n mynd i fyw, yn mynd i fendio. Fi oedd yn gorfod
edrych arno fo, yn gwybod y gwir.'

Yn y fan hon mi dybiais am funud fod gŵr Ty'n Rhos
yn mynd i dewi, fod yr adrodd wedi mynd yn ormod iddo.
Roedd y llais yn gwanhau'n gyson, y llygaid yn cau'n fwy
mynych. Ond dal ati wnaeth o.

' Un bore mi ddudodd John : "Wyddost ti ble carwn i
fynd y bore 'ma, Wil ?"

' "Na wn i," meddwn inne, yn gobeithio, o leia, y
bydde hi'n daith y gallen ni'i gwneud yn y car.

' "I ben Craig y Cadno," medde fo, "i gael golwg ar yr
hen ddyffryn 'ma. Honno ydy'r olygfa ore yn y cylchoedd
'ma i gyd."

' "Ond John bach," meddwn i, "mae 'na bron filltir o
ffordd i fan'no !"

' "Milltir ?" medde John. "Be ydy milltir ? On'd
yden ni wedi cerdded yno filwaith !"

' Mi wyddwn 'mod i wedi'i darfu o. A'r peth olaf yn y
byd y dylwn i'i wneud oedd hynny. Doedd dim arall

amdani. Os oedd John wedi meddwl mynd i ben Craig y
Cadno, mynd oedd raid.

'Mi gymrodd ddwyawr inni gerdded y filltir fer honno.
O foncyff i gamfa, o gamfa i foncyff, pob canllath yn
wewyr, a John yn deud ambell stori ddigri bob yn ail â
phlygu mewn pwl o boen. Mi fues i fwy nag unwaith ar
fin ei godi o ar 'y nghefn a'i gario'n ôl i'r tŷ. Ond mi
wyddwn y bydde hynny'n torri'i galon o. Roedd rhaid
dal i fynd. Wrth lwc, doedd dim llawer o waith dringo.
Mae Ty'n Rhos 'ma ei hun aı dir uchel, fel y gwyddost ti,
a'r ffordd yn weddol wastad i ben y Graig.

'Roedd hi'n fore bendigedig o braf, a doedd yr hen
ddyffryn erioed wedi edrych yn harddach. O ben y
Graig, roedd o'n gorwedd fel map odanon ni, y ffermydd
fel tai doli, y caee fel cwilt a'r afon fel ede wen wedi'i
phwytho drwy'i ganol o. Mi wyddost fod y Graig yn
disgyn yn syth am ddau can troedfedd, a dim i dorri ar
ei hwyneb hi ond ambell gripil o goeden yn tyfu o ambell
rigol... Mae 'na lawer dafad wedi disgyn i'w diwedd
dros y dibyn yna. A fydde neb yn meddwl am gerdded y
ffasiwn ffordd wedi nos.

'"Wyddost ti be?" medde John reit sydyn. "Pan
fydda i wedi gwella a dechre gweithio eto, rydw i am
brynu clwt o dir gen ti draw wrth y terfyn fan'na, ac am
godi byngalo i Elin a finne pan fydda i'n riteirio. Does yr
un llecyn yn y byd fel hwn."

'"Wyt ti, John?" meddwn inne, mor siriol ag y
medrwn i.

'"Ydw, fachgen. Weli di'r tro pella yn yr afon fan'cw?
Mi ddalies i samon deuddeg pwys yn fan'na ddwy flynedd
yn ôl. Ac mi ddihangodd un pymtheg pwys odd' arna i.
Rydw i'n mynd yno efo'r hen enwair y flwyddyn nesa i'w
ddal o. Cheith o ddim dianc eto!"

'"Ie 'ntê," meddwn i. Be arall y medrwn i'i ddeud?

'Wedyn mi gododd John yn ara deg oddi ar y garreg
lle buodd o'n eiste, a symud tua'r dibyn.

'"Gwylia, John!" meddwn i. "Paid â mynd yn rhy
agos—"

'"Popeth yn iawn, wasi," medde fynte. "Dim ond isio

gweld ydy'r hen dderwen fawr wrth fôn y graig o hyd.
Roedd Tomos Dafis Y Pant yn bygwth ei thorri hi—
derw'n mynd yn brin ac yn gwerthu'n dda, medde fo—ac
mi ddudes i wrtho fo os gwnâi o—"

' Ddudodd o ddim chwaneg. Mi safodd yno, wedi'i
daro yn ei ddyble gan boen, yn siglo reit ar fin y dibyn.
O bob man yn y byd, roedd rhaid i un o'r pylie gwaetha'i
daro fo yn y fan honno. Mi gythres amdano fo, ond cyn
imi gyrraedd roedd o wedi llithro drosodd. Rywsut neu'i
gilydd, yn ei boen, roedd o wedi llwyddo i droi, ac yn
hongian gerfydd blaene'i fysedd ar fin y clogwyn.

' "Helpa fi, Wil . . . Helpa fi . . ." Roedd o'n trio
gweiddi . . .'

Caeodd William Jones ei lygaid mewn ing.

' Mi allwn fod wedi'i achub o . . . Mi aeth rhai eiliade
heibio cyn iddo ddisgyn, ac ynte'n dal ei afael o hyd.
Roeddwn i'n gry, ac ynte'n ysgafn, ac mi fedrwn gyda
gofal fod wedi'i dynnu o i ddiogelwch. Ond yn yr eiliade
hynny mi edryches ar yr wyneb cystuddiol a'r corff tene,
ac mi feddylies am yr wythnose o artaith oedd eto o'i
flaen o, a'r wythnose o dor-calon i Elin. Deufis, tri,
hwyrach chwe mis o farwolaeth ara . . . Ar y llaw arall,
disgyn ddau canllath, a dyna'r cwbwl drosodd mewn
eiliad. Y boen ar ben, rhyddhad i Elin, gollyngdod
bendithiol i John. A 'nghalon yn gwaedu mi wylies ei
fysedd yn llacio, llacio ar y graig, ac ynte, ag un olwg
erfyniol ola arna i, yn disgyn . . .'

Saib ingol arall, a'r llygaid ynghau. Ac yna :

' Ar unwaith, a'm meddwl yn ferw gwyllt, mi es i geisio
help y cymdogion. Fe ddaethon ni o hyd i gorff John
wrth fôn y Graig. Roedd o'n rhyfeddol o ddianaf. Yn 'y
meddwl i roedd y cleisie. Mi dderbyniodd y cymdogion
fy stori i, a'r doctor, a'r crwner . . . pawb. A phawb yn
cydymdeimlo'n ddwys â fi. Fe wydden mor agos at ein
gilydd roedd John a finne.

' Pan gyrhaeddais i'n ôl i'r tŷ, roedd y post wedi dod.
Roedd 'na lythyr arall oddi wrth Elin. Mae o wrth dy
law di yn fan'na . . . y llythyr byrra o'r ddau. Darllen o
rwan.'

Mi ddarllenais innau.

' Annwyl Wil,

Y mae gennyf newydd da. Daeth Dr. Roberts yma heddiw, a dweud bod *drug* newydd i'w gael yn America a all wella John. Maent am anfon am beth ar unwaith, er ei fod yn costio arian mawr, ac am gael John yn ôl i'r ysbyty cyn gynted ag y mae modd i roi praw arno. Yr wyf yn dod i Dy'n Rhos bnawn yfory i nôl John adref.

Cofion cynnes,
Elin.'

' Mi deliffonies ati o'r ciosg wrth y ffordd,' meddai William Jones yn doredig. ' Roedd hi yma cyn nos : ffrind wedi dod â hi yn ei char gan ei bod hi wedi cael gormod o sioc i yrru'i hun. Roedd hi'n anhygoel o ddewr . . . yn rhy ddewr er ei lles. A ddaru hi ddim beio dim arna i. Rydw i'n gwbod ei bod hi'n *gweld* bai arna i am fynd â John i le mor beryglus i ddyn yn ei gyflwr o, ond ddudodd hi ddim byd ; mi dderbyniodd mai fo oedd wedi mynnu mynd ac na fedrwn i ddim gwrthod heb ei ddigalonni o. Ond cha'dd hi ddim gwbod y cwbwl. Ŵyr hi ddim hyd heddiw. Ŵyr neb . . . ond fi . . . a tithe rwan.'

' Efalle y bydde'r *drug* newydd hwnnw wedi bod yn fethiant . . .' Mi geisiais ei gysuro, ond doedd o ddim yn gwrando. Roedd ei lygaid wedi'u gludio ar y llecyn hwnnw ar y nenfwd ac yntau'n mwmial wrtho'i hun :

' Un o'r emyne y bydde John a finne'n eu canu erstalwm yn y Band of Hôp oedd "Ni gawn gwrdd ar y lan bryd- ferth draw" . . . Mae'r cwrdd hwnnw'n agos iawn rwan. Mi ddyle fod arna i ofn. Ond rydw i'n rhyw feddwl bod John yn deall pam y gwnes i . . . Os nad ydy o, gobeithio y ca i gyfle i esbonio iddo fo, ac y maddeuith o . . .'

Fe gafodd William Jones angladd mawr, a phawb yn ei ganmol o. ' Dyn na wnaeth o erioed gam â neb,' meddai'r gweinidog. Yn ystod y gwasanaeth fe ddigwyddodd un peth rhyfedd—i mi. Roeddwn i wedi awgrymu wrth ei

gyfnither fod ' Ni gawn gwrdd ar y lan brydferth draw '
yn un o'i hoff emynau, a hithau wedi dweud hynny wrth
y gweinidog. Fe'i canwyd yn yr angladd. Roedd hi wedi
bod yn enbyd o fwll drwy'r bore, a'r awyr fel plwm, a
chyn dechrau'r gwasanaeth fe dorrodd y myllni'n storm o
fellt a tharanau na welais i mo'i ffyrnicach na chynt nac
wedyn.   Fel y cerddodd y gwasanaeth hir rhagddo fe
doddodd y mellt a'r taranau'n fôr o law. Ond yna, pan
drawyd ' Ni gawn gwrdd', fe beidiodd y glaw yn sydyn, a
dyma lafnau llachar o heulwen drwy'r ffenestri yn
goleuo'r adeilad, ac yn diffodd drachefn pan orffennodd
yr emyn. Cyd-ddigwyddiad hollol, mae'n siŵr.

Tua **1960**
Ail ysgrifennwyd **1973**

HUNANDOSTURI

Dyna orffen. Yr atalnod olaf. Un mawr, crwn, cadarn.
Y peth gorau yn y llyfr. Gollyngodd Ieuan ochenaid
drom, estyn am ei getyn, codi oddi wrth ei ddesg a
suddo'n swp o ludded i'r gadair freichiau wrth y tân nwy.

Cyn iddo ddechrau hel meddyliau dyma ben tywyll
Esyllt drwy'r drws.

'Rwyt ti wedi gorffen y nofel ?'

Ochenaid arall. 'Ydw.'

'Gwych !'

'Cheith hi mo'i chyhoeddi.'

Esyllt yn plethu'i hael yn ddryslyd.

'Paid â siarad mor wirion, Ieuan.'

'Fûm i rioed yn siarad yn gallach.'

'Ond neith y cyhoeddwyr mo'i gwrthod hi. Dydyn
nhw rioed wedi gwrthod dim gin ti—'

'O na, wnân *nhw* ddim gwrthod. Fi sy'n mynd i wrthod
ei hanfon hi.'

'Pam ?' Esyllt yn eistedd, ei llygaid yn chwilio pob
modfedd o'i wyneb. 'A thitha wedi gweithio arni ers
misoedd !'

'Mi fydde'n well imi fod wedi gweithio mewn ffatri'n
troi sgriws.'

'O, rwyt ti yn un o'r pylia yna, wyt ti ?'

'Nac ydw !' Ieuan yn codi'n wyllt ac yn biwis, yn
taflu'i focs matsus gwag i'r fasged sbwriel ac yn chwilio
am un llawn ar y silff-ben-tân. 'Dydw i ddim yn un o
" 'mhylie" o gwbwl. Wynebu ffeithie rydw i. Ffeithie
celyd, cas. Wynebu fy hun fel rydw i. Llenor wedi bod
ac wedi darfod.'

'O, sobrwydd mawr.' Tro Esyllt i ochneidio. 'Sawl
gwaith rydw i wedi clywed hynna yn ystod y ddeng
mlynedd ddwytha 'ma ? Gymri di banad o goffi ?'

Syniad dymunol.

'Na, waeth iti heb â thrafferthu, Esyllt. Mi fydd Bethan
gartre o'r ysgol mewn munud ac mi fyddi'n gwneud te.
Waeth iti ddechre'i wneud o rwan, o ran hynny. Llawn

gwell iti nag eistedd yn fan'ma yn trio dal pen rheswm efo fi.'

Llygaid mawr Esyllt yn dyfalu beth i'w ddweud nesa.

' Dydw i ddim yn lecio dy weld di mewn hwyl fel hyn,' meddai hi.

' Mi ddylet fod wedi arfer efo fi bellach. Fel hyn y bûm i, fel hyn yr ydw i, ac fel hyn y bydda i. Ac mae'n ddrwg gen i. Mi ddylet fod wedi priodi bancer neu ffarmwr : dyn cytbwys, fflegmatig, braf, efo digon o bres—'

' O, taw. P'un bynnag, nid fel hyn y buost ti bob amser. Flynyddoedd yn ôl, ar ôl gorffen llyfr, roeddat ti fel 'taet ti'n cerdded ar awyr. Mi fyddat yn mynd yn syth at y piano ac yn canu dros y tŷ—'

' Y dyddie dedwydd gynt . . .' Fflamio'r cetyn 'ma ! Roedd rhywun yn smocio mwy o fatsus nag o faco. Ond roedd yr hyn yr oedd Esyllt newydd ei ddweud yn wawdlyd o wir, er nad oedd hi ddim yn gwawdio— fyddai hi byth—dim ond bod yr atgof yn brifo'n enbyd. Yr ewfforia hwnnw gynt wedi gorffen gwaith, wedi cau'r cylymau, wedi arllwys llwyth o greadigaeth ar domen o bapur a gwybod ei bod yn fyw ac yn ddifyr ac yn afaelgar er na fyddai'n plesio pawb . . . yr ewfroria na ddôi byth yn ôl . . .

' Be sy o'i le ar y nofel 'ma, 'te ? ' Esyllt yn dal i bwnio.

' Mae hi'n farw gorn.'

' Sut felly ? '

Nefol drugaredd, roedd hi'n ddigon drwg gorfod wynebu'r alanas heb orfod ceisio'i hegluro hefyd. Ond dyma roi cynnig arni.

' Esyllt. Fedri di ddeall beth ydy trigain mil o eirie marw ? '

Y pen tywyll, crych yn siglo.

' Na fedra. Mi fedra i ddeall beth ydy dyn marw ac anifail marw—'

' Clyw.' Matsen arall. ' Mi ddwedes i gynne na fydde waeth imi fod wedi gweithio am fisoedd mewn ffatri'n troi sgriws. Wel . . . dyna fûm i'n ei wneud, a dweud y gwir. Sgriwio trigain mil o eirie plwm at ei gilydd. Petai'r Doctor Lewis Edwards neu'r Doctor Owen

Thomas yn y ganrif ddwytha wedi trio sgwennu nofel,
rhywbeth fel hyn fydde hi. Dim ond y bydde'r geirie'u
hunain yn drymach i'w handlo. Mae nofel dda i fod . . .
wel, fel afon, os mynni di, yn llifo'n droellog ond yn siŵr
o'i siwrne o'r mynydd i'r môr—drwy rug a brwyn, dros
raean a cherrig, rhwng dolydd a chreigie, ond yn llifo'n
fyw ar hyd y ffordd. Yn tarddu'n sydyn, sionc yn y
mawndir, ac yn lledu ac yn llenwi'n braf at ei haber. Ac
yn *fyw*. Dyna'r peth mawr. Yn fyw ! Bygythion tywyll
yn ei dyfnderoedd hi, geirie'n dawnsio fel gwreichion
haul ar ei hwyneb hi . . . O, beth ydy'r iws ! '

Esyllt wedi gwrando'n boenus amyneddgar ar y druth
ac yn syllu ar y gŵr od oedd ganddi'n gwthio'i fysedd
drwy weddillion ei wallt.

' Ieuan, mae'r nofel 'ma'n iawn—'

' Nac ydy ! '

' Ti sy'n dweud hynna.'

' Mi fydd y beirniaid yn ei ddweud o. Maen nhw
wedi bod yn ei ddweud o am bopeth sgwennais i ers pum,
chwe blynedd bellach. Ac yn cael blas ar ei ddweud o.
Rydw i "dan gwmwl", "wedi chwythu 'mhlwc", "heb
gyflawni'r addewid gynnar"—a dydw i ddim eto'n
hanner cant ! '

' Twt, beth ydy'r ots beth maen nhw'n ei ddweud ?
Mi gest ti lot o boblogrwydd yn rhy gynnar—ti dy hun
sy wedi dweud hynna—a does dim maddeuant yn y byd
yma i neb sy'n rhy boblogaidd. Ddim yng Nghymru, reit
siŵr. P'un bynnag, faint o feirniaid sy 'na ? A faint o
adolygiada ? A phwy sy'n eu darllen nhw ? Ddim
chwarter cymaint ag sy'n darllen un o dy lyfra di—'

' Ond mae'r hyn maen nhw'n ei ddweud yn bwysig—'

' I bwy ? '

' Wel, i mi, yn un. Mae gennon ni well beirniaid
heddiw nag a fuodd gennon ni rioed. Maen nhw'n
gwybod be ydy be. Mae gen i barch i'w barn nhw—'

' Hyd yn oed os ydyn nhw wedi dy wneud di'n gocyn
hitio ? '

' Wel, mae'n rhaid iddyn nhw hitio rhywun. Fedran
nhw ddim canmol pawb. Maen nhw'n gorfod bod yn

ffeind wrth sgrifenwyr newydd er mwyn rhoi hwb iddyn nhw—"seren newydd ddisglair", ac ati—ac maen nhw'n gorfod bod yn ffeind wrth lenorion ar eu pensiwn rhag eu brifo nhw yn eu henaint. Felly, pa darged arall sy gennyn nhw ond rhywun canol oed ? Mae rhywun felly yn ei breim, i fod yn ddigon iach a chroendew i gymryd ei gnoc. Mi allwn i farw fory nesa, ond wyddan nhw mo hynny—'

' O, paid â dweud petha morbid felna.' Esyllt yn codi'n sydyn ac yn camu tua'r ffenest. ' Ble mae'r hogan 'na, tybed ? Yn hir heddiw eto. Sbïo i ffenestri siopa fel arfar, mae'n siŵr.'

Ieuan yn sobri beth. Byrbwyll oedd sôn am farw sydyn fel'na, wrth gwrs. Roedden nhw wedi cael sawl sioc yn ystod y ddwy neu dair blynedd ddiwetha : cryn ddwsin o'r bechgyn oedd yn y coleg gydag o wedi'u torri i lawr yn ddirybudd yn eu deugeiniau : gweinidogion gan mwya. Meddwl am y rheiny'r oedd Esyllt, yn bur debyg. Ond dyma hi'n troi'n bryderus.

' Rwyt ti'n teimlo'n iawn, on'd wyt ? '

' Fi ? ' meddai Ieuan. ' Wel, dydw i byth yn teimlo'n *iawn*. Ac rydw i'n mynd yn llai "iawn" o flwyddyn i flwyddyn. Yn anffodus, dydy hynny ddim yn esgus dros sgrifennu'n sâl. Mae rhai o gampweithie mwya'r byd wedi'u sgrifennu mewn poene arteithiol ac mewn ingoedd annisgrifiadwy.'

' O, bendith.' Esyllt yn eistedd eto. ' Rwyt ti'n mynd i siarad rwan am Tolstoi a Solzhenitsyn ac ati. Mi wn i. "Mi ddylwn fod wedi mynd i'r rhyfel." "Mi ddylwn i fynd i garchar." Fedri di ddim meddwl am neb sgwennodd gampwaith yng nghanol bywyd tawel, digyffro, debyg ? '

' Wel . . . mi fedra . . .'

' Ty'd. Enwa rai, imi gael dysgu.'

' Wel . . . rhai o'r merched, wrth gwrs : Jane Austen, George Eliot, y chwiorydd Brontë ; Balzac, Flaubert, Stendhal, Zola ar y cyfan, Dickens, Hardy, Melville . . . Roedd 'na rai.'

' Rhai ? Amryw byd, ddwedwn i—'

'Ond cofia, mi gafodd bron bob un ei dreialon. Plentyndod anhapus—'

'Fel ti.'

'Wel . . . ie. Rhyw anhwylder parhaus yn poeni rhai—'

'Fel dy frest gaeth di.'

'*Touché* eto. Ac wrth gwrs, trafferthion personol : gwleidyddiaeth yn ymyrryd yn ddifrifol ag ambell un, siom serch neu briodas anhapus hwyrach, iselder ysbryd—hwnnw'n gyffredin iawn—'

Esyllt yn edrych bron yn fuddugoliaethus erbyn hyn.

'Felly, mater o dymheredd a dawn ydy medru neu fethu sgwennu, nid sut fyd mae'r awdur yn ei gael ei hun yno fo.'

Ieuan yn fud, anfodlon.

'Mi fasat ti'n lecio sgwennu cystal â Daniel Owen ? ' Y llais yn gellweirus, ond . . .

'Mi rôi unrhyw nofelydd Cymraeg o ddifri'i glust dde am fedru sgwennu cystal â Daniel Owen,' meddai yntau'n sarrug.

'Diddorol iawn. Teiliwr braidd yn wangalon a simsan ei iechyd fuodd yn ddigon derbyniol i fod yn gynghorydd tre. Felly daru ti'i ddisgrifio fo rywdro, os ydw i'n cofio. Ein nofelydd mwya ni, er hynny. Wyt ti'n dweud rwan y basa fo'n nofelydd mwy petai'i goes o wedi'i saethu i ffwrdd fel un Robyn y Sowldiwr neu petai o wedi torri'r gyfraith fel Twm Nansi ? '

'Nid fel *Twm Nansi*, ddynes ! '

'Sorri. Wedi torri'r gyfraith 'te. Ffwl stop.'

'Doedd hi ddim cymaint o argyfwng ar Gymru a'r Gymraeg bryd hynny ag ydy hi heddiw.'

'Nac oedd, wrth gwrs. Sôn am argyfwng y Gymraeg, dim ond ddoe ddwytha roedd Mrs. Williams dros y ffordd yn gofyn imi pryd mae dy lyfr nesa di'n dod allan. Wedi darllen dy lyfra di i gyd, medda hi. Ambell lyfr ydy'r unig Gymraeg mae hi'n ei ddarllen, a dim ond os bydd 'na stori go dda yno fo. Dyna pam mae hi'n medru dal i sgwennu ambell lythyr Cymraeg, medda hi. Ac yn dal i siarad Cymraeg hefo'r plant. Ei hogan hi'n ista lefel O eleni ac yn gorfod darllen . . . faint, dywed . . .

hannar dwsin o lyfra Cymraeg ? D'un di'n un ohonyn
nhw, beth bynnag.'

' Mi ddyle'i haddysg hi i gyd fod yn Gymraeg.'

' Wrth gwrs. Fel un Bethan ni. Ble *mae*'r hogan 'na ?
Ond a chymryd y sefyllfa ar ei gwaetha, fel y mae hi—
wel, mi alla fod yn waeth fyth, hyd yn oed—mae'n siŵr
fod 'na filoedd o rai fel y Mrs. Williams bach 'na hyd y
wlad. Rydw i wedi methu'n lân â'i pherswadio hi fod
arwyddion ffyrdd dwyieithog a sianel deledu Gymraeg yn
bwysig, a chymera hi mo'r byd â llenwi siec neu atab y
ffôn yn Gymraeg—'

' Taeog i'r gwraidd—'

' O, ia. Ond lle basan ni oni bai amdani hi a'i thebyg—
yn siarad ac yn darllen Cymraeg ac yn sgwennu ambell
lythyr yni hi, a'r iaith yn llifo drwyddi hi i'w phlant fel
dŵr byw drwy beipan farw . . . ? Mi fasa'n nifer ni'n fach
drybeilig oni bai am rai fel hi, wedi'r cwbwl. Cofia, mi
fydda i'n gwylltio ynof fy hun wrth ei chlywed hi'n dweud
ei bod hi'n benthyg dy lyfra di o'r "leibri" yn lle prynu
ambell un, a'n bywoliaeth ni fel teulu yn dibynnu ar
werthiant dy lyfra di ymysg petha erill, ond wedyn mi
fydda i'n meddwl, "Wel, mae hi *yn* darllen yr iaith, ac yn
darllen dy lyfra ditha, ac os mai dim ond y weiran fain
yna sy'n ei dal hi a miloedd o rai erill wrth y petha, mi
fasa'n drychineb torri'r weiran. Yn enwedig ar yr unfed
awr ar ddeg fel hyn." Mi wnei di gyhoeddi'r nofel 'na.'

' Rydw i wedi dweud wrthat ti : mae hi'n rhy sâl—'

' Hyd yn oed i Mrs. Williams dros y ffordd ? '

' Clyw.' Ieuan yn gwingo fel cath mewn cortyn.
' Rydw i'n ddiolchgar iawn i Mrs. Williams dros y ffordd
am ei diddordeb caredig. Ond does dim dyfodol i
lenyddiaeth nac i lenor sy'n sgrifennu ar gyfer Mrs.
Williams dros y ffordd.'

Esyllt yn siglo'i phen.

' Wel, os felna rwyt ti'n teimlo heddiw . . . Wrth gwrs,
mi fasa'n neis iawn sgrifennu'n ddigon . . . beth ydy'r
gair ? Derbyniol ? . . . i gael D.Litt. gan y Brifysgol—'

' O, na ! ' Ieuan yn gwyntyllu'n wyllt â'i ddeheulaw.
' Mi fedrwn ni anghofio am unrhyw anrhydedd felly. A

bwrw y medrwn i sgrifennu'n ddigon "derbyniol",
chwedl tithe, erbyn y bydda i'n ddigon hen—tua'r deg a
thrigain ffor'na, os ca i fyw—mi fydd Prifysgol Cymru'n
rhy Seisnig i roi anrhydedd am gyfraniad i lenyddiaeth
Gymraeg. Mae'n bosib y ceith rhywun ym Mhrifysgol
Illinois ymhen rhyw ganrif eto ddoethuriaeth am thesis ar
'y ngwaith i. Maen nhw'n prysur fynd yn brin o stwff ar
gyfer astudiaethau yn y Stêts eisoes. Mi fydd yn dda
ganddyn nhw gael *unrhyw* beth yn y ganrif nesa—os
bydd 'na fyd ar ôl erbyn hynny.'

   ' O'r tad.' Esyllt yn codi eto. ' Rwyt ti reit yn y dymps
heddiw, mi wela. Does 'na ddim plesio na chysuro arnat
ti, nac oes ? Wnei di ddim cyhoeddi dy lyfr am fod arnat
ti ofn y gwybodusion, a wnei di mo'i gyhoeddi o er mwyn
y werin er bod arnat ti isio achub y Gymraeg. Ond—'

   Ar hynny dyma'r drws ffrynt yn agor a rhyferthwy taflu
bag ysgol a chot a ffon hoci i'w glywed o'r cyntedd.

   ' 'Rarswyd, dyma hi,' meddai Esyllt, gan lamu tua'r
drws. ' Ac mi fydd yn gweiddi am ei the—'

   ' Mam ! Ydy te'n barod ? '

   ' Mewn munud, 'mach i . . .'

   A dyma Bethan i mewn i stydi'i thad, yn hirgoes, fain,
a'i gwallt strim-stram-strellach bron â chuddio'i llygaid
gleision nobl.

   ' Hylô, Dad ? Sgwennu ? '

   ' Wedi bod.'

   ' Sut hwyl ? '

   ' Coch.'

   ' O, ie ? '

   ' Sut ddiwrnod yn yr ysgol ? '

   ' Wel, be wyt *ti*'n feddwl, *mon père* ? Ffrangeg, Ffiseg,
Maths . . . Pwy ddyfeisiodd ysgol ? '

   ' Wel, gan i hynny ddigwydd rai miloedd o flynyddoedd
yn ôl fedra i ddim enwi neb yn benodol—'

   ' Gafodd o'i grogi neu'i wenwyno neu dorri'i ben neu
rywbeth diddorol felly ? '

   ' Go brin.'

   ' Piti.'

' Edrych, Bethan. Mae'n rhaid mynd drwy ddyddie diflas ysgol a gwneud dy ore yno er mwyn cael rhywbeth gwell ar ôl gorffen. Rydw i'n gwbod, rydw i'n cofio, bod ysgol yn beth diflas, ond—'

' Mae hi ganwaith gwell heddiw nag oedd hi yn dy amser di. Olreit, mi sgipiwn ni'r bregeth. Wel . . . doedd heddiw ddim yn ddrwg i gyd, ran hynny.'

' O . . . da iawn . . .'

' Mi ges i ddeg allan o ddeg gen Miss Hughes am fy stori.'

' Deg allan o . . . ? Pa stori ? '

' Yr un sgwennes i neithiwr. Gwaith cartre.'

' Wel, da 'ngeneth i—'

' Wrth gwrs, roedd rhaid i'r hen fuwch ofyn oeddet ti wedi helpu fi.'

' ''Wedi fy helpu i'', Bethan. A dydy athrawes ddim yn ''hen fuwch''.'

' O, nac ydy ? Wel, na, dydy hon ddim yn edrych fel tase hi wedi cael tarw erioed—'

' Rŵan, rŵan . . .'

' Does 'na ddim secs yn dy lyfre di, Dad ? '

Peswch hynod anghysurus gan y tad.

' Y . . . ga i weld dy stori di, Bethan ? '

' I be ? '

' Wel . . . dim ond am fod gen i ddiddordeb.'

' O, *patres curiosi sunt* ! Mi fydd yn golygu tyrchu drwy'r llyfre 'na i gyd, a finne'n llwgu isio *'nhe* . . . ! '

Ond drwy'r drws i'r cyntedd â hi, a dyna sŵn maith a mwydrus agor bag a thaflu llyfr ar ôl llyfr ar ôl llyfr . . . Esyllt fyddai'n pregethu nesa.

' Bethan, mae dy de di'n barod . . . Bethan ! Y *llanast* 'ma ! '

' Wel, Dad sy isio gweld rhyw hen stori . . . ! '

' Bobol annwyl ! Diddordeb go newydd.'

Annheg. Cwbwl annheg. Ond dyma Bethan i'r golwg eto a llyfr sgrifennu coch yn ei llaw.

' Hwdiwch, syr. *Catch* ! '

A diflannu. Ieuan, bid siŵr, yn methu dal y llyfr hedegog ac yn plygu'n biwis i'w godi oddi rhwng ei

gadair a'r rhes *Encyclopaedia Britannica.* Chwilio wedyn
am y stori ac, o'r diwedd, ei chael.
'Tyddewi ar Dân.' Teitl cyffrous. Llawysgrifen
luniaidd hefyd i un mor ifanc.

'Y Llychlynwyr!' gwaeddodd Gruffudd ar uchaf ei
lais o ben y clogwyn. 'Mae'r Llychlynwyr yn dod!'
O un i un, cododd y gweithwyr yn y maes eu pennau,
ac yna dechrau rhedeg am eu bywyd, hwythau hefyd
yn gweiddi, 'Y Llychlynwyr!'

Ie'n wir. Dechrau gafaelgar i stori. A hon yn dechrau
gafael yn Ieuan. Y bachgen Gruffudd yma'n dyfalu sut i
gael ei dad dall a'i fam a'i frodyr a'i chwiorydd iau i
ddiogelwch cyn i'r gelyn gyrraedd.

Cyn rhedeg tua'r pentref, er mwyn cael rhyw amcan
faint o amser oedd ganddo, edrychodd Gruffudd
unwaith eto tua'r môr. Eisoes yr oedd y llong hir, isel,
fygythiol dan ei hwyl sgwâr resog (gormod o ansodd-
eiriau'n ddiamau, ond addawol) wedi cyffwrdd â'r
traeth, a'r pen draig ar ei blaen fel petai'n barod i
dasgu mwg a thân tua'r brifeglwys. Nid oedd y milwyr
am golli amser. Yr oeddynt yn llifo o'r llong, a'r rhai
blaenaf yn barod yn dechrau dringo'n rheng lachar
(*Llachar*! Da!) i fyny'r llethr, eu bwyeill mawr a'u
tarianau a'u helmau gloywon yn fflamau yn haul y
bore . . .

Wel . . . efallai mai dan lenni'r nos y byddai'r Llych-
lynwyr yn glanio ac yn ysbeilio ac nid yn haul y bore . . .
cynnau'u goleuni eu hunain wrth danio'r tai . . . Ond pa
waeth? Nid geiriau plwm mo'r rhain, beth bynnag.
Ieuan yn darllen ymlaen, ymlaen, fel plentyn yng
ngafael stori antur, nes cyrraedd y diwedd eithaf, heb
feirniadu mwy.
Fe gaeodd y llyfr sgrifennu coch mor ddefosiynol ag y
byddai'i nain gynt yn cau'i Beibl. Cododd yn araf, a'r
llyfr o hyd yn ei law, a cherdded at y ffenest. Roedd hi'n

hwyro'n braf : hwyrnos braf, braf o wanwyn. Yn ddi-
arwybod, a heb geisio, roedd o wedi magu llenor o bwys.
Doedd ganddo ddim amheuaeth am hynny. Nid dyma'r
tro cynta i beth fel hyn ddigwydd. Roedd J. S. Bach yn
gerddor difesur fwy na'i dadau cerddgar. Fe fyddai
Bethan yn llenor difesur fwy na'i thad llengar. Yn wir,
efallai mai hi fyddai'n sgrifennu'r 'Nofel Fawr' y bu'r
byd llenyddol Cymraeg yn rhincian ac yn rhygnu
amdani gyhyd. Roedd Ieuan ei hun yn sgrifennu'n eitha
da pan oedd yn dair ar ddeg oed, fe wyddai, ond ddim
cystal o lawer â hyn. Gwir fod yr amgylchiadau'n
wahanol. Roedd y Gymraeg i Bethan yn iaith daear-
yddiaeth a hanes a bywydeg a sawl maes arall, nid yn
ynys unig o bwnc fel y bu hi i'w thad yn yr ysgol. Oher-
wydd ei mynych sgrifennu bob dydd roedd yr eirfa eisoes
yn llawer helaethach a'r arddull yn ystwythach nag y
byddai i blentyn o'r un oedran mewn ysgol Saesneg. Ond
efallai fod Esyllt yn iawn hefyd pan ddwedodd hi mai
'mater o dymheredd a dawn oedd medru neu fethu
sgrifennu, nid sut fyd yr oedd awdur yn ei gael ei hun
ynddo.' Ac roedd y ddawn gan Bethan, yn fwrlwm
dihysbydd. Sioc fu darganfod hynny heno : syfrdandod
meddwol. Wedi iddi dyfu, a chasglu profiadau o fywyd
(er bod ganddi amryw eisoes : y dynion meddw welodd
hi, y ddamwain waedlyd honno ar y stryd, y bechgyn a
geisiodd roi cyffuriau mân yn ei lemonêd, ei chyd-
ddisgyblion o'r un oedran fyddai'n cysgu'n fynych gyda
bechgyn, meddai hi)—ond pan gâi hi bentwr o brofiad . . .
O hyn ymlaen, fe rôi bob hwb a help iddi, cyfeirio'i
darllen ac arolygu'i sgrifennu, agor iddi drysordai'r
clasuron . . .

'Mae Bethan wedi cael ei the.' Esyllt yno. 'Mi
gymrwn ni banad rwan. Mae'r hogan am fynd am dro
hefo Mot cyn dechra ar ei gwaith cartra.'

'O . . . iawn.' Roedd popeth yn iawn erbyn hyn.
'Bethan !'

Hithau'n ymddangos.

'Oeddet ti isio rhywbeth, Dad ?'

'Oeddwn.' Roedd yr eneth wedi diosg ei dillad ysgol a gwisgo blows goch danbaid a thrywsus hirion, tynn, a'r rheiny'n ei gwneud yn flerach yr olwg na chynt. Ond fel arall y gwelodd Ieuan y gweddnewidiad. Roedd hi'n hardd, yn droedfeddi o athrylith, a'r llygaid gleision yna'n treiddio'r byd i gyd.

'Mae'r stori 'na'n dda,' meddai.

'Pa stori ? ' Bethan yn crychu'i thalcen. 'O . . . honna . . .'

'Gwrando, Bethan. Waeth imi ddweud hyn wrthat ti'n hwyr nag yn hwyrach. Rwyt ti'n medru sgrifennu. Ac mi ddaw amser y byddi di'n rhoi dy fywyd i gyd i sgrifennu, ac yn sgrifennu'n well, hwyrach, na neb sy wedi sgrifennu yn Gymraeg o'r blaen.'

Dyma'r eneth yn rhannu'i gwallt at ei chlustiau, ei llygaid yn rhythu'n anghrediniol ar ei thad amlwg ffwndrus, a'i gwefus isa'n disgyn.

'Sgwennu ! Y *fi* ! '

'Rydw i'n berffaith sicir y gwnei di.'

Rhaeadr o chwerthin.

'Ond, Dad bach, mae 'na bethe pwysicach i'w gwneud mewn bywyd na *sgwennu* ! '

Esyllt yn edrych yn bryderus dosturiol ar ei gŵr.

'Wel . . .' Ieuan yn 'dechrau simsanu braidd'. 'Hwyrach imi ddweud wrthat ti braidd yn gynnar—'

'Dad. Ga *i* roi pregeth am newid ? '

'Wel ? '

'Yn gynta. Erbyn y bydda i yr un oed ag wyt ti rwan, fydd 'na ddim llawer o bobol yn medru *darllen*. Seins a symbole a ffigure fydd popeth, ac mi fydd gen bawb focs bach radar ar ei frest i sensio meddylie pawb arall. Fydd dim isio iaith, hyd yn oed—'

'O ble gebyst y cest ti'r syniade gwallgo yna— ? '

'Yn ail.' Roedd hi'n ddidrugaredd. 'Hyd yn oed *petai* pobol yn medru darllen, wyt ti'n meddwl y bydda *i*'n ddigon gwirion i gau fy hun mewn rhyw hen stydi lychlyd drwy'r dydd i sgriblo ? A llwgu am 'y nhrafferth ? Mi wna i 'ngore yn yr ysgol er mwyn—fel roeddet ti'n rhygnu—cael rhywbeth gwell wedyn. Ond nid sgwennu fydd hwnnw. Dwyt ti a mam ddim wedi cael dillad newydd ers blynyddoedd, er mwyn prynu dillad i mi. Diolch yn fawr ichi. Ond fydda *i* ddim mor wirion. Rydw i am fynd dros y môr am fis bob blwyddyn, nid mynd am wythnos i ryw garafán bob rhyw ddwy flynedd fel chi—'

'Wel, rydw i'n poeni fy hun nad wyt ti ddim yn cael gwylie fel plant erill—'

'Ac rydw i'n mynd i gael car newydd bob blwyddyn, nid hen groc rhydlyd fel sy yn y garej 'na ers blynyddoedd. Os oes 'na bobol yn ennill saith mil y flwyddyn mewn coleg neu mewn busnes neu fel doctoried neu yn y B.B.C., mi wna inne hynny hefyd.'

'Ond roeddwn i'n meddwl bod yr iaith yn bwysig i tithe, Bethan—'

'O, mi wna i bopeth fedra i i gadw Yr Iaith—tra bydd angen iaith. Waeth gen i fynd i garchar na pheidio ; dydy hynny'n dychryn dim arna i. Ond dydw i ddim yn mynd i hanner llwgu yn *sgwennu* i'w chadw hi, ac yn poeni fy hun yn sâl. Rydw i wedi gorffen. Unrhyw fater arall ? '

Heb ddisgwyl am ateb, dyma hi'n chwibanu am ei chi, a'r cyfarthwr bach cochddu rhwyfus yn chwyrnellu o'r gegin ac yn eistedd ar ei goesau ôl iddi gydio'r ffrwyn wrth ei goler. Cyn cau'r drws ffrynt dyma hi'n troi unwaith eto, gan siglo'i phen gwelltog yn araf.

'Sgwennu. Dad druan ! '

Clywodd Ieuan ac Esyllt hi'n chwerthin bob cam at giât y ffordd.

1973